无用的美好

叶兆言 著

图书在版编目（CIP）数据

无用的美好 / 叶兆言著. — 南京：江苏凤凰文艺出版社，2018.3（2022.10重印）
ISBN 978-7-5594-1069-6

Ⅰ. ①无… Ⅱ. ①叶… Ⅲ. ①散文集－中国－当代 Ⅳ. ①I267

中国版本图书馆CIP数据核字(2017)第217130号

书　　　名	无用的美好
著　　　者	叶兆言
责任编辑	黄孝阳　傅一岑　汪　旭
出版发行	江苏凤凰文艺出版社
出版社地址	南京市中央路165号，邮编：210009
出版社网址	http://www.jswenyi.com
印　　　刷	江苏凤凰新华印务集团有限公司
开　　　本	787×1092毫米 1/32
印　　　张	7.375
字　　　数	107千字
版　　　次	2018年3月第1版　2022年10月第4次印刷
标准书号	ISBN 978-7-5594-1069-6
定　　　价	39.00元

（江苏凤凰文艺版图书凡印刷、装订错误可随时向承印厂调换）

目录

革命性的灰烬 /001

我手写我心,我笔写我想,始终站在时代前沿,永远写作在文学圈之外。

写作与学问 /023

不要太实用,我们是为了享受美味佳肴,而不是装了一肚子屎向人炫耀。

痛和善 /041

货真价实地感受人间的至痛和至善。

无用的美好 /055

没有爱情,人类照样可以存在;但是,因为有了爱情,有了文学,人类的生活才有可能变得更美好。

成仁 /079

人生的最高境界莫过于喜欢,正因为如此,"玩"才变得非常严肃。世界上有很多美好的东西可以把玩,希望你们能从容面对,希望你们能够舍身成仁。

率真未必尽善 /097

无知有时候是不可避免的,无知并不可怕,可怕的是无知会变得理直气壮,一旦把无知当作有思想,这就变得可怕了。

只管去读 /115

这个世界上从来没有什么必读书,读书不过是一种缘分。

活成一首诗 /125

人活着,就应该像一首诗。

江南的南 /145

在和平的大前提下,文明就是经济,经济就是文明,而经济和文明则是最好的政治。

以纸窃火 /165

无论文学时髦还是不时髦,大家都会忍不住操一份谁才是当今世界上最火作家的闲心。

在另一种语言中 /183

营养,教诲,提示,甚至误会,都具有不同寻常的意义。它们悄悄地改变了我们,而且不止是改变,很可能还塑造了我们。

写在"时髦"背面 /187

既然真心热爱,那就必须义无反顾,必须继续前行。

在手机端认领普鲁斯特 /193

作者和读者都在寻找,有时候就像母子,母亲要读她想读的东西,而儿子只能写他想写的东西。

文学与一座城 /201

城市给了文学一个机会,想象的力量在人心里造起一座城。

做就做了 /205

做了就做了,做了跟没做一样,迅速地忘记,尽量少搁点这样那样的东西。

"辉煌"的家底 /209

四大导师的功劳,把清华从中专变成大学,没有他们,清华比"新东方"也好不到哪里。

最幸福的事 /213

日头不辜负你们,你们也莫辜负日头。

因为热爱,所以天真 /217

凡事必须要经过比较才能琢磨出味道。

这一种冷 /221

尽可能去写,没那么多茶馆请你喝茶。更可能的遭遇是没人在乎,写了跟没写一样。面对这样的寂寞,你才可能明白什么叫"文学"。

后记 /225

革命性的灰烬

一

记忆总是靠不住,小说家契诃夫逝世,过了没几年,大家为他眼睛的颜色争论不休,有人说蓝,有人说棕,更有人说是灰色。同样道理,历史也是靠不住的玩意,有人进行了认真研究,考证出胡适先生并没说过那句著名的话,他并没有说"历史是个任人打扮的小姑娘"。但是我们更愿意相信,胡适确实说过这句格言,有些话并不需要注册商标,谁说过不重要,大家心里其实都明白,历史这个小姑娘不仅任人打扮,而且早已成为一个久经风尘的老妇人。

一九七四年初夏,我高中毕业了,接下来差不多有一年时间,都在北京的祖父身边度过。这时候,我读完了能见到的所有雨果作品,读了几本爱伦堡的《人·岁月·生活》,读海明威读纪德读萨特,读帕斯捷尔纳克的《日瓦戈医生》,读了一大堆乱七八糟的东西。我胡乱地看着书,逮到什么看什么。事实上,北京的藏书还没有南京家中的多,因此我小小年纪,看过的世界文学名著,已足以跟堂哥吹牛了。

这是一个非常荒唐的年代,就在前一天,在网上看到一篇文章,分析我们这一代人,中间有首打油诗,开头的几句很有意思:

五十年代生,今生是苦命。
生下吃不饱,饿得脸发青。
本应学知识,当了红卫兵……

我们这一代人都是吃"狼奶"长大,公认最没有文化。世事洞明皆学问,人情练达即文章,就像做生意算账要仔细一样,爬雪山过草地,打日本鬼子打"右派",这些都可以算作资历和本钱，经历了最残酷的"文化大革命"，为什么却不能算？江山代有才人出，各有各的造化，轻易地就为一代人盖棺定论，硬说人家没文化，多少有些不太妥当。记得有一次和女作家方方闲谈，说起我们的读书生涯，很有些愤愤不平，她说凭什么认为这一代人读的书不多，凭什么就觉得我们没学问。本来书读得多或少，并不是什么了不得的事，跟有无学问一样，有，不值得吹嘘，没有，也没什么太丢人，可是这也不等于说你说有就有，你说没有就没有。

事实上，相对于周围的人，无论父辈还是同辈、晚辈，大多数情况下，我都属于那种读书读得多的人。说卖弄也好，说不谦虚也好，在我年轻气盛的时候，跟别人谈到读书，谈古论今，我总是夸夸其谈、口若悬河。有一次在一个什么会议上，听报告很无聊，坐我身边的格非忽然考我，能不能把白居易《长恨歌》中"渔阳鼙鼓动地来，惊破霓裳羽衣曲"的后两句写出来，我觉得这很容易，不仅写出了下面两句，而且还顺带写出了一长串，把一张白纸都写满了。

女儿考大学，我希望她能背些古诗，起码把课本上的都背下来。对于一个文科学生，已经是最低要求，女儿觉得当爹的很迂腐太可笑。我说愿意跟她一起背，她背一首，我背两首，或者背三首四首。结果当然是废话，女儿的抢白让人哭笑不得，她说不就是能背几首古诗吗，你厉害，行了吧。现如今，女儿已是文科的在读博士，而我实实在在又老了许多，记忆力明显不行了，不过起码到目前为止，虽然忘掉太多的唐诗宋词和明清小品文，然而那些文明的碎片，仍然还有一些保存在脑子里，我仍然还能背诵屈原的《离骚》，仍然能将白居易的《长恨歌》和《琵琶行》默写出来。

丝毫没有沾沾自喜的意思，我知道的一位老先生，能够将五十二万多字的《史记》背出来，这个才叫厉害。真要是死记硬背，一个十岁的毛孩子就能背诵《唐诗三百首》。我所以要说这些，要回忆历史，无非想说明我们这一代人未必就像别人想的那么不堪，同时，也想强调我们这一代人曾经非常地无聊，无聊到了没有任何好玩的事可做。没有网络，没有移动电话，没有NBA，没电视新闻，今天很多常见的玩意都根本不存在。塞翁失马，焉知祸福，现在回想起来，索性废除了高考，没有大学可上，有时候也并非完全无益。譬如我，整个中学期间，有大量的时间读小说，有心无心地乱背唐诗宋词和古文。坏事往往也可以变为好事，我知道有人就是因为写大字报练毛笔字，成为了书法家，因为批林批孔研究古汉语，最后成了古文学者。

二

在一九七四年，我第一次看到了厚厚的一堆小说手稿，这就是姚雪垠的《李自成》第二部。因为毛主席他老人家的特别关照，别的小说家差不多都打倒了，都成了"黑帮"，独独他获得了将小说写完的机会。我还见过浩然的《金光大道》手稿，出于同样原因，这些不可一世的手稿，出现在了我祖父的案头，指望祖父能在语文方面把把关。后一本书没什么好看的，是一本非常糟糕的书，根本就让人看不下去。我一口气读完了《李自成》，祖父问感觉怎么样，我当时也说不出好坏，回答说反正是看完了，已经知道故事是怎么一回事。不管怎么说，在那个文化像沙漠一样的年头，阅读毕竟是一件相对惬意的事情，毕竟姚雪垠还是个会写小说的人，还有点故事能看看。

在此之前，能见到的小说，都是印刷品，都已加工成了书的模样。手写的东西，除了书信，就是大字报。虽然隐隐约约也知道，我第一次完全明白，小说还是先要用手写，然后才能够印刷成文字。第一次接触手稿的感觉很有些异样，既神秘，又神奇，仿佛破解了一道数学难题，一时间豁然开朗，原来这就是写作的真相。有时候，故事的好坏并不重要，关键是你得把它写出来。李自成是不是高大全也无所谓，它消磨了我的时间，满足了一个文学少年的阅读虚荣心：你终于比别人更早一步知道了这个故事。很多事情无法预料，八年后，《李自成》第二部获得了首届茅盾文学奖，我跟别人说起曾在"文革"中看过这部手稿，听的人根本就不相信，说老实话，我自己都有些不太相信。

有时候，阅读只是代表自己能够与众不同，我们去碰它，不是因为它流行，恰恰是因为别人见不到。"文化大革命"中文学爱好者对世界名著的迷恋，很重要的原因，是大家不能够很顺利地看到。同样的道理，人们更容易迷恋那些被称之为"内部读物"的黄皮书，我们如饥似渴地阅读，是因为它们反动，是"毒草"，因为禁，所以热，因为不让看，所以一定要看。有时候，阅读也是一种享受特权，甚至也可以成为一种腐败，当然，在特定时期特定环境下，写作也会是这样。《李自成》这样的小说，从来不是我心目中的文学理想，它也许可以代表"文革"文学的最高水准，但它压根不是我所想要的那种文学，既不是我想读的，也不是我想写的。我曾不止一次说过，从小就没有想到过自己将来要当作家，因为家庭关系，作家这一职业对我并不陌生，然而我非常不喜欢这个行当，而且有点鄙视它，因为按照别人的意志去写小说，勉为其难地去表达别人的思想，这起码是一点都不好玩，不仅不好玩，而且很受罪。

一九七四年，民间正悄悄地在流传一个故事，说江青同志最喜欢大仲马的《基督山伯爵》。记得有一阵，我整天缠着堂哥三午，让他给我讲述大仲马的这本书。三午很会讲故事，他总是讲到差不多的时候，突然不往下讲了，然后让我为他买香烟，因为没有香烟提精神，就无法把嘴边的故事说下去。这种卖关子的说故事方法显然影响了我，它告诉我应该如何去寻找故事，如何描述这些故事，如何引诱人，如何克制，如何让人上当。我为基督山伯爵花了不少零用钱。三午是个地道的纨绔子弟，有着极高的文学修养，常会写一些很颓废的诗歌。同时又幻想着要写小说，他的理想是当作家，可惜永远是个光说不练的主，光是喜欢在嘴上说说故事。

我不止一次说过，谈起文学的启蒙，三午对我的影响要远大于我父亲，更大于我祖父。历史地看，三午是位很不错的诗人。刘禾主编的《持灯的使者》收集了《今天》的资料，其中有一篇阿城的《昨天今天或今天昨天》，很诚挚地回忆了两位诗人，一位是郭路生，也就是大名鼎鼎的食指，还有一位便是三午。这两位诗人相对北岛多多芒克，差不多可以算作前辈，我记得在一九七四年，三午常用很轻浮的语气对我说，谁谁谁写的诗还不坏，这一句马马虎虎，这一句很不错，一首诗能有这么一句，就很好了。

关于三午，阿城的文章里有这么一段，很传神：

> 三午有自己的一部当代诗人关系史。我谈到我最景仰的诗人朋友，三午很高兴，温柔地说，振开当年来的时候，我教他写诗，现在名气好大，芒克、毛头，都是这样，毛头脾气大……

振开就是北岛,毛头是多多,而芒克当时却都叫他"猴子"。为什么叫猴子,我至今不太明白,是因为他一个绰号叫猴子,然后用英文谐音给自己起了一个笔名,还是因为这个笔名,获得了一个顽皮的绰号。"早在一九七四年,我就知道并且熟悉这些后来名震一时的年轻诗人,就读过和抄过他们的诗稿,就潜移默化地受了他们的影响。"希望,请不要走得太远,你在我身边,就足以把我欺骗。"除了这几位,还有许多稀奇古怪的人,有画画的,练唱歌的,玩音乐的,玩摄影的,玩哲学的,叽里呱啦说日语的,这些特定时期的特别人物,后来都不知道跑哪去了。

有一个叫彭刚的小伙子给我留下很深刻的印象,他的画充满了邪气,非常傲慢而且歇斯底里,与"文革"的大气氛完全不对路子。在一九七四年,他就是凡高,就是高更,就是摩迪里阿尼,像这几位大画家一样潦倒,不被社会承认,像他们一样趾高气扬,绝对自以为是。新旧世纪交汇的那一年,也就是二〇〇〇年十二月,在大连一个诗歌研讨会的现场,我正坐那等待开会,突然一头白发的芒克走了进来,有些茫然地找着自己的座位。一时间,我无法相信,这就是二十多年前见过的那位青年，那位青春洋溢又有些稚嫩的年轻诗人。会议期间，我们有机会聊天，我问起了早已失踪的彭刚，很想知道这个人的近况。芒克告诉我彭刚去了美国，成了地道的美国人，正研究什么化学，是一家大公司的总工程师，阔气得很。

一时间，我不知道说什么才好，就好像有一天你猛地听说踢足球的马拉多纳，成了一个弹钢琴的人，一个优雅地跳着芭蕾的先生，除了震惊之外，你实在无话可说。

三

在一九七四年，"毛头的诗"和"彭刚的画"代表着年轻人心目中的美好时尚，这种时尚是民间的，是地下的，是反动的，然而生气勃勃，像火焰一样猛烈燃烧。如果说在一九七四年，我有过什么短暂的文学理想的话，那就是能够希望自己有朝一日，成为一名像毛头那样的诗人。三午的诗人朋友中，来往最多的就是这个毛头，对我影响最大最刻骨铭心的，也正是这个毛头。毛头成了我的偶像，成了我忘却不了的梦想。我忘不了三午如何解读毛头的诗，大声地朗读着，然后十分赞叹地大喊一声：

"好，这一句，真他妈的不俗！"

从三午那里，常常会听到的两句评论艺术的大白话，一句是"这个真他妈太俗"，另一句是"这个真他妈的不俗"。俗与不俗成为最重要的评价标准。说白了，所谓俗，就是人云亦云，就是跟在别人后面亦步亦趋。所谓不俗，就是和别人不一样，就是非常非常地独特，老子独步天下。艺术观常常是摇摆不定的，为了反对时文，就像当年推崇唐宋八大家一样，我们故意大谈古典，一旦古典泛滥，名著大行其道的时候，我们又只认现代派。说白了，文学总是要反对些什么，说这个好，说那个好，那不是文学。

有没有机会永远是相对的，"国家不幸诗家幸，赋到沧桑句便工"，在一九七四年，因为没有文化，稍稍有点文化，就显得很有文化。因为没有自由，思想过分禁锢，稍稍追求一点自由，稍稍流露一点思想，便显得很有思想。有一天，三午对毛头宣布，他要写一部小说，然后滔滔不绝地说自己准备怎么写。那一阵，毛头是三午的铁哥们，三天两头会来，来了就赖在了长沙发上不起来，说不完的诗，谈不完的音乐。也许诗谈得太多了，音乐也聊得差不多，三午突然想到要玩玩小说。他是个非常会吹牛的人，这个故事他已经跟我说过一遍，然后又在我的眼皮底下，兴致勃勃地说给毛头听。在一开始，毛头似乎还有些勉强，懒洋洋坐在那，无精打采，渐渐地坐直了，开始聚精会神。终于三午说完了故事梗概，毛头怔了一会，不甘心地问：完了？三午很得意，说"完了"，于是毛头突然从沙发上跳起来，说我要向你致敬，说你太他妈有救了，这绝对太他妈地棒了，你一定得写出来。

和许多心目中的美好诗篇一样，三午的这部小说当然没有写出来。人们心目中的好小说，永远比实际完成的要少得多。时至今日，我仍然还能清晰地记得那个故事梗概。一名老干部被打倒了，落难了，回到了当年打游击的地方，从庙堂回落到江湖，老干部非常惊奇地发现，有一位年轻人对他尤其不好，处处要为难他，随时随地会与他作对。老干部想不明白这是为什么，他忍让着，讨好着，斗争着，反抗着，有一天终于逼着年轻人说了实话。年轻人很愤怒地说，你身上某部位是不是有个印记，你还记不记得当年的战争年代，还能不能记得有那么一位村姑，在你落难的时候，她照顾过你，她爱过你，可你对她干了什么。这位老干部终于明白了，原来这位年轻人是自己的儿子，是他当年一度风流时留下的孽债。年轻人咬牙切齿地说，你把衣服脱下来，你脱下来。老干部心潮起伏，他犹豫再三，终于在年轻人面前脱光了自己，赤条条地，瘦骨嶙峋地站在儿子面前，很羞愧地露出了隐秘部位的印记。

如果三午将这个故事写出来，如果时机恰当，在此后不久的二十世纪七十年代末和八十年代初，这样的小说获得全国奖项也未必就是意外。说老实话，就凭现在这个故事梗概，它也比许多红极一时的得奖小说强得多。不妨想一想一九七四年的文学现场，不妨想一想当时文学观念上的差异。"文化大革命"已是强弩之末，"四人帮"正炙手可热，那年头，最火爆的文学期刊是《朝霞》，那年头能发表的作品不是说基本上，而是完全就不是文学。当然，这话也可以反过来说，如果当时文学期刊上的文字是文学，我以上提到的那些活跃在民间的东西、那些充满了先锋意义的诗歌、三午要写的那个小说，就绝对不是文学。

极端的文学都是排他的，极端的文学都是不共戴天。事隔三十多年，以一个小说家的眼光来看，三午当年准备写的那部小说，就算是写出来，也未必会有多精彩。同样，白云苍狗时过境迁，当年那些让我入迷的先锋诗歌，那种奇特的句式，那种惊世骇俗的字眼，用今天的评判标准，也真没什么了不起。无可否认的却是，好也罢，不好也罢，它们就是我的文学底牌，是我最原始的文学准备，是未来的我能够得以萌芽和成长的养料。它们一个个仍然鲜活，继续特立独行，既和当时的世界绝对不兼容，又始终与当下的现实保持着最大距离。有时候，文学艺术就只是一个姿态，只是一种面对文坛的观点，姿态和观点决定了一切。从最初的接触文学开始，我的文学观就是反动的，就是要持之以恒地和潮流对着干，就是要拼命地做到不一样，要"不俗"。我们天生就是"狼崽"，是"文化大革命"不折不扣的产物，是真正意义的文学左派。舍得一身剐，敢把皇帝拉下马，我们来到这个世界上，如果要从事文学，就一定要革文学的命，捣文学的乱。

四

二十世纪七十年代末，我开始偷偷摸摸地学写小说，所以说偷偷摸摸，并不是说有什么人不让写，而是我不相信自己能写，不相信自己能写好。我从来就是个犹豫不决的人，一会信心十足，一会垂头丧气。记得曾写过一篇《白马湖静静地流》的短篇，寄给了北岛，想试试有没有可能在《今天》上发表，北岛给我回了信，说小说写得不好，不过他觉得我很有诗才，有些感觉很不错，可以尝试多写一些诗歌。

到了一九八六年秋天，经过八年的努力，我断断续续地写了一些小说，短篇、中篇、长篇，都尝试过，也发表和出版了一部分，基本上没有任何影响，还有很多小说压在抽屉。这时候，我是一名出版社的小编辑，去厦门参加长篇小说的组稿会，见到了一些正当红的作家。当时厦门有个会算命的"黄半仙"，据说非常准确，很多作家都请他计算未来。我未能免俗，也跟在别人后面请他预言。他看了看我的手心，又摸了摸我的锁骨，然后很诚恳地说你是个诗人，你可以写点诗。周围的人都笑了，笑得很厉害，笑出了声音。不知道他为什么会这么说，也许是我当时不修边幅，留着很长的胡子。反正让人感到很沮丧，因为我知道自己最缺的就是诗才，根本就不可能成为一名出色的诗人。我无法掩饰巨大失望，问他日后还能不能写小说，他又看了看我，斩钉截铁地说：

"不行，你不能写小说，你应该写诗，你应该成为一个诗人。"

这位"黄半仙"也是文艺圈子里的人，他只是随口一说，根本没想到会有什么后果，根本就不在乎我会怎么想。当时在场的还有很多位已成名的小说家，小说家太多了，多一个不多，少一个不少，我只是一名极普通的小编辑，实在没必要再去凑那份热闹。一时间，我想起了北岛当年的劝说，说老实话，那时候真的有些绝望。虽然已经开始爱上了写小说，虽然正努力地在写小说，但是残酷的现实，也让我开始怀疑自己真没有写小说的命。

这时候，我已经写完了《枣树的故事》，《夜泊秦淮》也写了一部分，《五月的黄昏》在一家编辑部压了整整一年，因为没有退稿，一直以为有一天可能会发表出来，可是在前不久，被盖了一个红红的公章，又被无情地退了回来。《枣树的故事》最初写于一九八一年，因为被不断地退稿，我便不停地修改，不停地改变叙述角度，结果就成了最后那个模样。我已经被退了无数次稿，仅《青春》杂志这一家就不会少于十次。我有两个很好的朋友在这家编辑部当编辑，可就算有铁哥们，仍然还是不走运。

一个人不管怎么牛，怎么高傲，退稿总是很煞风景。还是在二十世纪七十年代末，南京的一帮朋友聚在一起，像北京的《今天》那样，搞了一个民间的文学期刊《人间》。我的文学起步与这本期刊有很大关系，与这帮朋友根本没办法分开。事实上，我第一部被刊用的小说，就发表在《人间》上。没有《人间》我就不会写小说，那时候我们碰在一起，最常见的话题就是什么小说不好，就是某某作家写得很臭。我们目空一切，是标准的文坛持不同政见者。这本刊物很快夭折了，有很多原因，政治压力固然应该放在首位，然而自身动力不足，克服困境的勇气不够，以及一定程度的懒惰，显然也不能排除在外。我们中间的某些人在当时已十分走红，他们写出来的文字不仅可以公开发表，而且是放在头条的位置上，产生了巨大的影响。

不管今天把当时民间文学刊物的作为拔得多高，希望能够公开发表文章，希望能够获得广大读者的认同，还是一个最基本的原始动机。官方的反对和禁令会阻碍发展，文坛的认同同样可以造成流产。毫无疑问，民间刊物是对官办刊物的反抗，同时也是一种补充。我们的文学理想是朦胧的，不清晰的，既厌恶当时的文坛风气，又不无功利地想杀进文坛，想获得文坛的承认。很显然，在公开的文学刊物上发表自己的文字是很难抵挡的诱惑。二十世纪八十年代初期，在北京家中，有一次北岛来，我跟他说起顾城发表在《今天》上的一首诗不错，北岛说这诗是他从一大堆诗中间挑出来的，言下之意，顾城的诗太多了，这首还算说得过去。安徽老诗人公刘是我父亲的朋友，也说过类似的话，因为和顾城父亲顾工熟悉，让顾城给他寄点诗，打算发表在自己编的刊物上，结果顾城一下子寄了许多，仿佛小商品批发一样，只要能够发表，随便公刘选什么都行。

写作是写给自己看的，当然更是写给别人看的。公开发表永远是写作者的梦想，有一段时候，主流文学之外的小说狼狈不堪，马原的小说，北岛的小说，这些后来都获得很大名声的标志性作家，很艰难地通过了一审，很艰难地通过二审，终于在三审时给枪毙了。我是他们遭遇不断退稿的见证者，都是在还不曾成名时，就知道和认识他们。我认识马原的时候，还是在二十世纪八十年代初期，那时候的马原非常年轻，用今天的话来说，是标准的帅哥，他还在大学读书，小说写出来了无处可发，正在与同学们一起编一本非常好卖的《文学描写辞典》。而北岛的《旋律》和《波动》，也周转在各个编辑部之间，在老一辈作家心里，它们也算不上什么大逆不道，尤其是《旋律》，我父亲和高晓声都认为这篇小说完全可以发表，然而最终也还是没有发出来。

五

二十世纪的八十年代中期，"现代派"一词开始甚嚣尘上，后来又出现了新潮小说和先锋小说。这些时髦的词汇背后，一个巨大的真相被掩盖了，这就是文坛上的持不同政见者，已消失或者正在消失，有的不再写作，彻底离开了文学，有的被招安和收编，开始名成功就，彻底告别了狼狈不堪。"先锋小说"这个字眼开始出现的那一天，所谓"先锋"已不复存在。马原被承认之日，就是马原消亡之时。北岛的《波动》和《旋律》终于发表，发表也就发表了，并没有引起什么波澜。诗人毛头改名多多，也写过一些小说，说有点影响也可以，说没多大影响也可以。

多少年来，我一直忍不住地要问自己，如果小说始终发表不了，如果持续被退稿，持续被不同的刊物打回票，会怎么样。如果始终被文坛拒绝，始终游离于文坛之外，我还有没有那个耐心，还能不能一如既往地写下去。也许真的很难说，如果没有稿费，没有叫好之声，我仍然会毫不迟疑地继续写下去，然而如果一直没有地方发表文字，真没有一个人愿意阅读，长此以往，会怎么样就说不清楚了。时至今日，写还是不写根本不是一个问题，再说仍然被拒绝，再说没什么影响，再说读者太少，多少有些矫情。我早已深陷在写作的泥淖之中，生命不息战斗不止。写作成了我生命的一部分，为什么写已经不重要，重要的是写什么和怎么写，无法想象自己不写会怎么样，不写作对于我来说，已完全是个伪问题。

一九八三年春天，我开始写自己的第一部长篇小说。显然是因为有些赌气，不断地退稿，让人产生了一种不可遏制的冲动，退一短篇也是退，退一长篇也是退，为了减少退稿次数，还不如干脆写长篇算了，起码在一个相对漫长的写作期间，不会再有退稿来羞辱和干扰。从安心到省心，又从省心回到安心，心安则理得，名正便言顺。事实上，我总是习惯夸大退稿的影响，就像总是有人故意夸大政治的影响一样，我显然是渲染了挫折，情况远没有那么严重。被拒绝可以是个打击，同时也更可能会是刺激和惹怒，愤怒出诗人，或许我们更应该感谢拒绝，感谢刺激和惹怒。

思想的绚丽火花，只有用最坚实的文字固定下来才有意义。我知道对于一个作家来说，除了写，说什么都是废话，嘴上的吹嘘永远都是扯淡。往事不堪回首，我希望自己的写作青春长在，像当年那些活跃在民间的地下诗人一样，我手写我心，我笔写我想，睥睨文坛目空一切，始终站在时代前沿，永远写作在文学圈之外。在史无前例的"文化大革命"中，我们最耳熟能详的一句口号，就是要"继续革命"。要继续，要不间断地写，要不停地改变，这其实更应该是个永恒的话题。"文化大革命"是标准的挂羊头卖狗肉，它只是很残酷地要了文化的命，并没有什么真正意义的文学革命。文学要革命，文学如果不革命就不能成为文学，真正的好作家永远都应该是革命者。

二〇一〇年八月四日

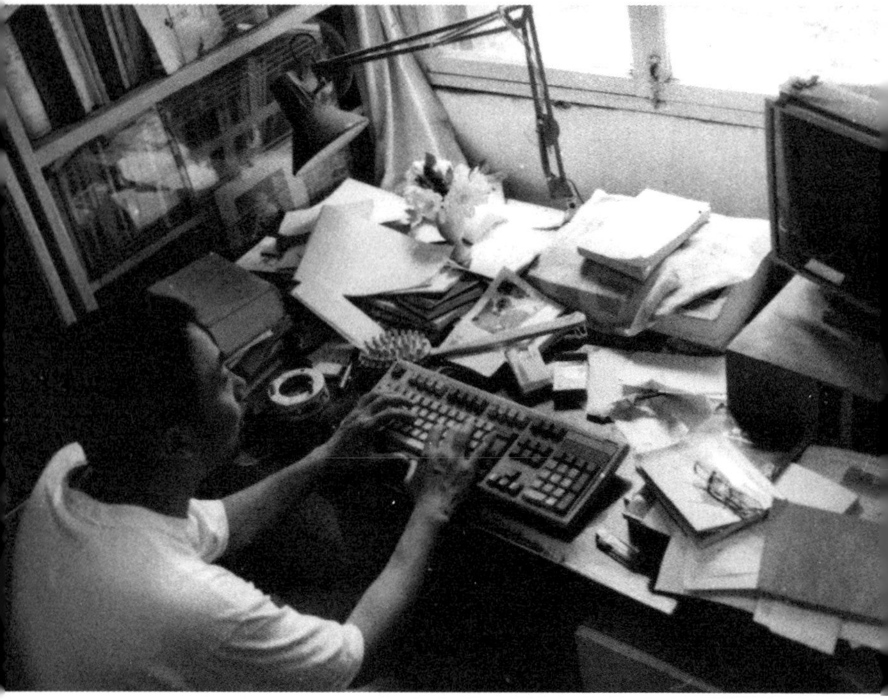

写作与学问[1]

先说一下自己的心情，是非常紧张，虽然这种场面不是第一次经历，每一次还是感到紧张。我很羡慕那些能说会道的党和国家领导人，譬如很羡慕口才好的美国总统，这些政客作演讲的时候，如鱼得水，满嘴跑火车，很亲切地微笑着，说我很高兴来到这里，很高兴有这样的机会。现在轮到我来做这样的表态，却很难用"高兴"两个字作为开场白。按说被邀请到你们学校来做讲座，应该感到很荣幸，可惜从我个人来说，始终处在一个紧张的状态之中，

---

[1] 本文是作者在苏州大学"小说家讲坛"上的讲演。

结结巴巴地说高兴和荣幸挺没意思。说"高兴"很假，我真的是很紧张，这是一个非常真实的心情，我不知道说什么才好。

在今天，我希望尽可能把自己真实的一面暴露在大家面前，让大家看一看，让大家明白有那么一个作家，原来只是这样的，这样语无伦次，这样不知道自己要说什么，就大胆老脸地跑来混事。我想，紧张的原因是我不善于在公众场合演说，我是一个怕面对公众的人，在座的同学如果对当代小说有兴趣，一定会记得二十世纪八十年代刚开始的时候，高晓声有一篇很火的小说叫《陈奂生上城》，中间写了一个人物，是一个农民，一个普通农民，因为进城见了市长，见了些世面，逐渐便成为人物，有了上升的机会。当他成了名以后，别人问他你现在最羡慕的是什么？他想了想，回答非常有意思，他说他最羡慕的是什么呢？是一个人竟然可以能说会道，用陈奂生的语言来说，就是他最羡慕那些"会说话"的人。我觉得这很好玩，当时看这小说的时候，看到这里就会心一笑，因为我也是这么想的。

我坐在主席台上等待演讲的时候，很自然地会想到了这情形,作为一个作家,因为写了一些不像样的东西,然后便有机会出席类似这样或那样的一些讲座。大概在三天以前,我和余华还有莫言坐在同一个讲台上,大家坐在一起轮流发言,他们滔滔不绝地演讲,我就一直在那犯傻,这时候我特别像陈奂生,我就是陈奂生。我很奇怪余华与莫言怎么都这么会说,确实能侃,侃侃而谈,谈得都非常好。我既羡慕又嫉妒,余华平时私下里聊天,还有点结巴,一旦在公众场合,人一多,特别来神,慷慨陈词,不断出彩。我知道两个月以前他刚来过这里,知道我要来,他在电话里对我说,说他们那个讲坛挺有意思,值得去。我还知道很多作家都已经来过了,很多精彩的演讲也都已经讲过了,太多的能人在这表演过了,所以我想我再来凑热闹,必定是一件很尴尬的事。我问余华上次他都说了些什么,他说那太容易了,我又问你究竟说了什么,他说我就跟他们说我的文学成长道路,学生就爱听这个。

很显然,一个很好的话题已被余华说过了,我再跑来说我的文学成长道路,就好像是在嚼一块别人已吐出来的口香糖,感觉会非常糟糕。而且这次在烟台,也就是刚刚说的三天前,我们三个人在一起被同时问到这个问题,第一个是莫言回答,说得有滋有味,从当兵,从一个军人如何成为作家,怎么样怎么样。然后是余华,在座的可能都已经听过,说他如何从一个牙医成为一个作家,说他对县城文化馆的向往。然后就轮到我说,我说得特别笨,特别傻,好像"文革"中向"造反派"交代罪行。他们说得精彩,正好衬托了我的笨拙。我在谈自己的文学道路的时候,前言不对后语,胡说八道,而且还结巴。

所以我今天就不讲这样的话题了,王尧老师事先问我准备谈一个什么样的话题,我就说谈一个大一点的话题,就谈谈写作和做学问。我不知道后来是不是这样宣传的,这个大话题其实也不是我的版权,是从余华那里临时救援来的,余华说你弄个大点的题目,大题目一下子就把他们弄蒙了。大了以后,海阔天空,怎么说都行。我认真地想了一想,大题目确实有大的好处。这一阵,南京像发高烧一样,所有的高校都是校庆一百年。这自然是个了不得的大庆,而我正好大学毕业二十年,我的同学于是也趁乱搞聚会,制造了一个非常大的题目,邀请各地同学回母校。如果仅仅是很普通的同学聚会,这个名目的邀请函发到别人单位里去,显然不是很好的请假借口。经过二十年,同学们有的混得很阔了,说只是回母校参加同学聚会,也有点小家气。索性叫作新世纪WTO发展讨论会,说得非常玄,玄得已接近离谱,然后在后面附上另外一页纸,说明大题目是向单位领导请假用的,让领导同志羡慕一回你是要参加WTO的研讨会,而且指名道姓请你,多有面子。

今天用的这个大而无当的讲演标题,大致也是这么一个意思。"学问"二字何从谈起,说老实话,我自己就没什么学问。把题目弄大一点,同时也是放一个大的破绽出来,我并不知道今天会是一些什么人来听,不知道是按班级组织呢,还是完全自发,对不同的对象,应该是说不同的话。我是有一个私心的,或者说是有些小阴谋,想自己出了这个大题目,一个很大的好处,就是可以让聪明人立刻明白这是一个伪题目,觉得根本不值得听,他就不来了。这样可以回避掉那些爱挑刺的高人,同时,也可以用实际的事例,趁机规劝一些还不太明白事理的同学。我这只是以身试法,如果谁真抱着什么想法,傻乎乎地想听到我的什么学问,就让他白白地上一个当。

其实今天想说的东西,主要还是漫谈。虽然毕业了二十年,我始终觉得自己仍然有一种强烈的学生心态。作为一个作家，我愿意始终保持这种学生心态。刚刚跟王尧老师还有林建法兄从校园走过来的时候，感到非常温馨，我特别喜欢校园的这种生活气氛，因为校园生活能让人感到了青春气息。在这个朝气蓬勃的地方，我情不自禁地想起了自己的女儿，我的女儿很快也将和你们一样，成为一名大学生，从她身上我可以更清晰地感觉到年龄，感觉到岁月。过去去一些地方作讲座，下面坐的人年龄和我还比较接近，似乎还能觉得自己是个青年作家，现在我已是个不折不扣的中年老作家。

我所面对的谈话对象，越来越接近我女儿，因此，我就难免用一种过来人的口气。在这个充满青春气息的地方，倚老卖老是一件很危险的事情，当年我在大学里读书，特别反对老师倚老卖老，但是现在轮到自己了，竟然作法自毙，不思悔过，这大约就是人的一种发展趋势，人老了，自然而然或者不知不觉地便讨人嫌起来。

今天我会说一些你们可能不爱听的话，先说一个你们可能会爱听的，这是从北大钱理群老师那儿贩来的，我觉得非常对非常好，钱老师说大学生在大学读书期间，也就两件事可以做，把两件事情处理好，就万事大吉。一件是把爱情做好，这是人生的一个很重要内容，还有一件是把学问做好，因为你们来大学读书，就是为了学点什么，我觉得大学生最大的幸福，就是他们有机会有可能把这两件事都做好。这两件事，无论是爱情还是学问，都是人生中最美好的东西，而你们在大学里，要比别人有更多这样的好机会好运气，当然，我不是提倡大家赶快去恋爱，这等事我管不着，也不用我操心，我想你们肯定已经做得很好了。

我曾经是个攻读中国现代文学的研究生，读了这个专业，很自然地要关心二十世纪二三十年代，上世纪二三十年代文学有一个非常流行的主题，那就是革命加恋爱，那时候写小说的人好像都兴致勃勃地写这个。革命和恋爱是一个非常永恒的主题，很能吸引年轻人的注意。虽然经过二十世纪的多重磨难，"革命"一词已开始有了一些歧义，有了特别的恶果，但是，无论怎么说，革命加恋爱看上去还是一个很美好的东西，人总是愿意去追求那些美好的东西，现在革命已经不怎么说了，已经老掉牙了，那么我就做个莫名其妙的替换吧，把学问和革命替换一下，让学问来代替革命。对于你们来说，革命就是读书做学问，做学问读书就是革命。

恋爱不是我能谈的一个话题，尽管这个问题显然会更有趣。恋爱是你们要自己去琢磨自己去享受的，我只能吃力不讨好地谈谈学问这个话题，这显然不是好话题，说到这，我甚至有一种上了贼船的感觉。因为对于学问，同样也要你们自己去琢磨，自己去享受。怎么说你们才能明白呢，我只是希望你们能够利用在学校的这些年，利用这样一个难得的好机会，把学问尽可能地做好。我说的这个学问，不是学者的大学问，其实是一个很泛泛的话题，因为学问往大里说，无边无际，往小里说却非常简单，就是能不停地学不停地问。学问学问，就是学会问，真正养成学和问的习惯，这将受用一生。

我常常通过我女儿来看问题，看年轻人，从她身上可以看到，年轻一代非常幸运，真的非常幸运。我女儿会弹钢琴，虽然弹得不是特别好，不管怎么说，我听起来非常不错了。而且我女儿还可以说一口很流利的英语，因为她在美国读过一年高中。我想自己的这种羡慕，当然不光是羡慕女儿一个人，其实羡慕的是整整一代人，因为年轻一代和我们相比，拥有许多在我们小时侯不能想象不敢想象的好事，不妨用钢琴和英语这两个小事，来说一个简单的道理，说说学习阶段的重要性。

　　人生就是这样的，过了这村，就没有那店。我女儿弹钢琴曾留下过痛苦的记忆，大概从五岁开始，她练习弹钢琴始终是和她母亲在吵，坚决地吵。女儿七岁的时候，我记得她讲过一句非常成人的话，她说：妈妈，钢琴破坏了你和我的感情。对于女儿来说，这当然是一个痛苦的经历。对她来说，钢琴是个坏东西，每天弹琴时，很赌气地把一个钟往琴上一放，不管弹什么曲子，时间一到坚决停止，多一秒也不会。她到美国去了以后，住在美国人的家庭里，每个星期要去做礼拜，在这个典型的美国小镇上，家家都要去教堂，有一次，教堂的钢琴师不在，结果就让我女儿上去弹琴。要知道，中国的小孩做事都很专业，我女儿的钢琴水平和美国佬比，那是非常不错的，毕竟是童子功，和美国人的随便玩玩不一样。有一个美国朋友到我家来，看到了钢琴很兴奋，当场表演了一段，我女儿看了说，那怎么叫弹钢琴，这是幼儿园里的弹法。我们中国人真要做起事情来，有时候会很厉害。我女儿在美国人的教堂里，在上帝的面前，狠狠地露了一回脸，美国佬因此很吃惊，在他们看来，我女儿确实不得了，整个小镇立刻震动。我女儿写信给我们，写得也比较煽情，她说，妈妈我现在才明白会弹钢琴的感觉竟然这么好，她说钢琴让她想起了在家的日子，说自己演奏的时候，可能把思乡之情也融进去了。她说她真是第一次感觉到，弹钢琴居然还会有这样的享受。

英文其实也一样，我是一个在英文上花了很多时间的人，也是一个没有学好的典型案例，可以代表我们这代人特有的痛苦磨难。我不知道王尧老师怎么样，我们这一代人学英文真的很痛苦，花的力气，大约万里长城也可以造起来。我们在大学读书的时候，不停地在弄英语。自从研究生毕业，我和英语就基本没关系了，一直到女儿出国，为了看女儿的英文信，才勉强又恢复了一些，女儿打字用英文比中文快，和我用ICQ聊天，她用英文，我用中文，都能明白对方在说什么。我现在说这些，只是想说明，有些东西一旦失去，可能以后永远失去了，就像我再也不可能弹钢琴再也学不好英语一样。在座的同学，如果小时候没弹过钢琴，现在想开始学，那可能就没有什么戏了。学英语也是这样，过了二十五岁，过了三十岁再学，最多也就是与我一样看看简单的信，属于基本上没什么希望。学习的阶段性非常重要，讲了半天，我不得不把话题再绕回来，我想说的只是，你们现在也许会厌学，会觉得学什么都没意思。做学生会有这个共同点，我在大学时也这样，觉得上课没劲，做学生好像都会看不起自己老师，老师的课可能也确实不好，但是并不能因为这样，就耽误了这个好机会，不能因噎废食。

等你们离开学校，也许会跟我女儿突然明白钢琴的美好一样，会突然醒悟当年没有抓住机会多学点东西太可惜了。时乎时，不再来，在学校期间，学生会有一种很正常的逆反心理。他会觉得，自己随心所欲就行了，我想怎么样就怎么样。"认真"这两个字已不太重要，什么都不认真，谈恋爱做学问，都是敷衍。我们今天正处在一个没有真爱的时代，对待什么都是敷衍。我说的没有真爱，就是说许多人，虽然拥有了大好时机，谈恋爱也好，做学问也好，都不会特别专注，都不会真情投入。现在时髦的词是花心，是潇洒，是酷，是三天打鱼两天晒网，是十天半月换三个女朋友。一方面，这是个很自然的情况，很多人都这样，都这样，也就不奇怪了，自然也可以成为习惯，成为人之常情。但是我不得不说这是非常可怕的，因为，一个人全身心地投入，去做一件事情，都不一定能做好，不用心又怎么可能做好呢？我们想告诉大家一个基本的事实，在座的本科生包括研究生，对于绝大多数人来说，你们肚子里面的货色，一辈子赖以为生的学问，可能就在这几年里都奠定了。虽然从道理上讲，学问学问，是学会问，教学教学，要教会学。学问可以不停地做下去，真离开了校园，真走上社会，是否还可以一直继续，十分可疑。

在座大都是中文系的学生，按照中文系的惯例，基本上到毕业，革命也就差不多了，就到头了。大学毕业后，百分之八十会走上官场。我大学毕业的时候，社会上特别需要人，很多人都是先到一个什么机关去做秘书，都是些非常好的机关，然后逐渐地向前走往上爬，逐渐便混出个人样。然而他肚子里的那点文化积累，说句难听的话，就是大学四年学的那点皮毛，很可能永远只有这么多的东西，什么意思呢，我这是从比较功利的角度来谈，也就是说，你们现在学的这些东西，很可能便是日后一辈子的本钱，你们将依靠这点本钱去打天下。所以对于这些原始股的积累，真应该好好爱惜，越多越好，多多益善。如果现在非常快乐地把这四年荒废掉，走上社会后会发现，自己即使混得再阔，官做得再大，其实还是个大草包。换个角度也可以证明，你们会发现有很多父辈肚子里根本没什么学问，跟他们简直没有办法谈话，而无话可说的一个重要原因，就是他们该积累的时候，没有积累多少东西。小时了了，大未必佳，小时不了了，大了更糟糕。

以我个人的感受，中国人跟美国人在学习态度上，有很大的不同。我女儿到美国之后，虽然她还是一个孩子，只是一个中学生，但是已经有点明白这道理。美国人的学习传统有个最大的好处，就是说他不会像赌徒那样赌一时。譬如我们，中学唯一的目标就是考大学，考上大学，革命就成功了，就可以永远享受革命成果。对于中国学生来说，结果非常重要。所有的奋斗都是为了一种简单结果。大多数人逃脱不了这个怪圈，很多本科生还在努力学习，不是说他想做一门什么学问，是觉得我还要考研究生，要考研究生必须还得学，总之一句话，始终有非常明确的学习目的。一个健康的社会，应该是越成人，竞争也就越激烈。美国的孩子读书期间会非常幸福，中学生简直就是过分快乐，美国人的高中像我们的大学，我们大学生的那种享受，美国人在高中时就充分享受了，恋爱啊，玩啊，一旦真到了大学生阶段，越往后走，就越来越艰苦。美国的文化是你得始终往前走，不往前走就要掉队，你不努力就要出现问题。我们有很大的不同，我们是越往后越好混，在任何一个台阶上，都可以安心睡大觉。只要上一个好大学，就可以找一个好工作，只要混上了一个官，就自然会有好的待遇。我们的幸福标志，是说你从此可以不用努力了，而好工作的概念就是舒服，薪水多，不劳而获。

西方不是这样，我们总是希望一步到位，在国外你绝不可能这样。一切都给你设计得非常好，西方社会为不同的收入阶层，设计好了不同的生活蓝图，年薪五万有五万的生活，年薪五十万有五十万的生活，像拳王泰森那样，中国人会想不通，有几千万的收入，怎么还会欠债。在美国，几千万就有几千万的享受办法，西方对生活的态度跟我们完全不一样，它让你像陀螺一样转个不歇，让你永远要更多地挣钱，始终让你处于大学四年，或者干脆说考大学前的那种学习状态。我们这个社会把竞争大大地提前了，提前到小学，提前到小学升中学。提前到中学，提前到中学考大学。再提前到大学，一旦到大学以后，虽然现在也说竞争激烈，但是总体来说，我们这个社会，人一旦做了父亲以后，基本上就不太努力了，或者说再努力也没什么用了，因为我们习惯于论资排辈。

所以，我只是从功利的角度来谈这个问题，而这恰恰又不是我擅长的话题。我只不过是希望大家在大学的四年里，咬咬牙多学点东西，因为原始股越多，你们日后才会更好。当然，说这些废话并不是我的本义，我不过是觉得把话反过来说，说得极端一点，可能会容易明白一点。其实事情永远不能简单化，简单化会变得非常世俗气，以磁铁为例，生活和磁铁一样有南北极，假设用刀把磁铁一下子切开了，切开了以后，好像把南北割裂开了。我呢，也是试图简单地从北面来谈问题，其实是自己骗自己，因为磁铁不论你怎么切，切到最小最小，仍然是有南北极，也就是说，南北两极其实是分不开的。我是用利益利害来引诱大家，用大人吓唬小孩的路数来谈道理，如果我是学生，面对老师这样的恐吓，我也听不进去，也会置之脑后。

米卢谈足球有一个重要的观点，他说要享受足球。我想说"享受"这两个字，才是我今天要说的重点。希望大家能充分享受大学四年的生活，因为要做到享受很不容易，我不知道你们厌不厌学，反正我在大学期间特别厌学，简直就不是一个好学生。我的逃学率几乎达到百分之九十，这很不像话，但是我的厌学，主要是讨厌那些无聊的课程，讨厌那些死板的教学。这种厌学并没有影响到我享受学习，就像在一开始对你们说的那样，我希望你们能享受爱情和学问。不妨再举一个粗俗的比喻，我们都知道，世界上最美好的佳肴，到了脖子下面，就和屎差不多了。我们生活在一个注重结果的世界里，因为注重结果，忽略过程，所谓理想就常常是很庸俗的东西。我们习惯于以成败论英雄，总是告诉别人，用功了努力了，以后会怎么样。十年寒窗苦，方为人上人，很显然，对一个有境界的人来说，以后的结果并不重要，无论是恋爱，还是读书做学问，享受恋爱和享受做学问的过程，才是最有意义的，才是最美好。

再说一遍，学问学问，要学会问，教学教学，要教会学。谈恋爱的过程是美好的，做学问的过程也是美好的，文学也是这样，都是为了让我们享受到一些美好的过程。文学是为了让我们享受阅读的乐趣，享受写作的乐趣。和恋爱和学问一样，文学也是一个美好的东西。面对美好的东西，都可能一通百通，一觉悟就都明白。我希望大家不

要为了世俗的结果，生生地糟蹋了那些美好的过程。不要太实用，我们是为了享受美味佳肴，而不是装了一肚子屎向人炫耀。

可惜的是，这个话题刚刚展开，给自己规定的时间已差不多了，接下来，我们还是以提问的方式，进行对话，直接交流，以免离题太远。"雁声远过潇湘去"，我知道已经跑得很远了，让我赶快打住吧。

二〇〇二年某月某日　苏州大学

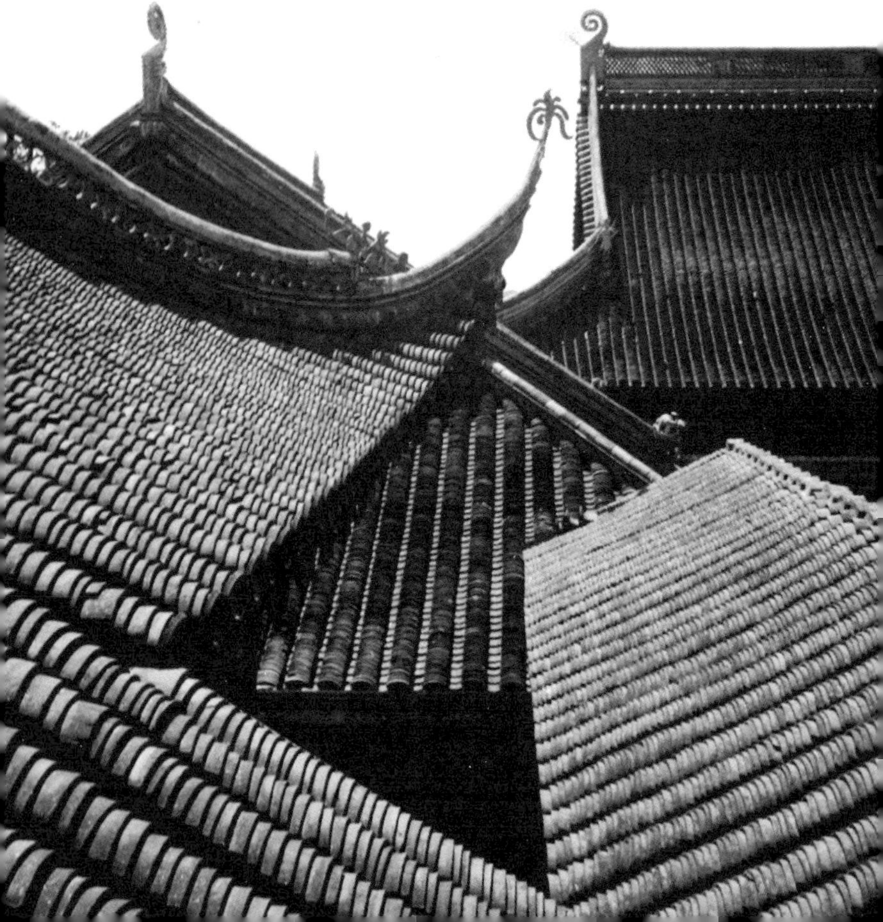

痛和善①

我想从自己生活经历中很重要的一件事开始说起,这件事情发生在一九七〇年,我十三岁,那时候刚上初中。

那是一个不用去上学的日子,好像是星期天,老师忽发奇想,把我们一个个都喊到学校去了。去了也没什么事,都扔在操场上玩,在和同学们戏闹的时候,我不幸被一块石头击中了眼睛。这完全是一个偶然事件,祸从天降,谁也没想到过它的后果有多严重。并不是很疼痛,我捂着眼睛跌倒在地上,印象中有一位工宣队师傅走了过来,他草

---

① 本文是作者在一次文学讲座上的发言。

草地看了看情况,说不得了,得赶快送医院,于是我被匆匆送往医院。

进了医院,门诊说是要做手术,就进了手术室。手术时间并不长,当时乱哄哄的,医院里正搞什么"医护工三结合",医学权威都打扫厕所去了,什么人都敢拿手术刀。我也弄不明白究竟是谁在给我做手术,反正是几个人一边做,一边在讨论应该怎么做,一边还嘻嘻哈哈。然后手术就结束了,因为害怕相互影响,我的双眼都被蒙了起来。

几天以后,医生开始为我打开蒙在眼睛上的纱布,我听见一位女医生叹气说:

"不行,这里还得再补上两针。"

这是一位被打倒的专家,她的语气中充满了遗憾。然后就又去了手术室,再补两针。现在看来这一定是个很严重的医疗事故,但那个时候是"文化大革命",医院乱得不成样子,根本就没有"医疗事故"这个词。谁都没有顶真,我的母亲在旁边甚至都没有问一声为什么。医生的话总是有道理,他们怎么说,只能怎么做。

当时,我父母都还在干校劳动。我眼睛受伤的消息很快传到了干校，但是在传播的过程中间，出现了一个小小的误差，变成我把别人的眼睛打伤了。一位造反派立刻训斥了我父亲，说这是怎么回事，是不是阶级报复。父亲于是坐着火车赶到南京，愁眉苦脸地赶到医院。一路上，他都在痛苦思索，在想怎么办，该怎么面对别人的家长，怎么跟人赔礼道歉，等到知道是我的眼睛被别人打伤后，父亲深深地松了一口气，他觉得心里一块石头终于落地了。

父亲好像是当天就走了，因为干校就在郊区，他急着要回去向我母亲汇报。第二天我母亲来了，来了也无话可说，事情反正已经发生了，还能怎么样，她陪了我几天，因为我的双眼都被蒙着，无法自己照顾自己。然后就是打开没有受伤眼睛上的纱布，这时候，我因为有一只眼睛已能看见，开始能够自理了，母亲也就立刻离开了，又回到了干校。接下来，我独自一人在医院里住着，到拆线的时候，医生试了试受伤眼睛的视力，已经很模糊了，只能看见手影在动。当时并不明白，我的一只眼睛已瞎了，毕竟还是个孩子，那只好眼睛还能看到东西，也并没有觉得有什么太了不起。

现在回忆这件事情，我并没什么抱怨，因为虽然它对我的人生之路影响非常严重，但是在当时真的是很自然，很简单。我们非常平静地接受了这个现实，没有索赔一分钱，甚至都没有指责过肇事者。老师说，那位同学也不是有意的。这当然不是有意的，像这么巧的碰撞，想有意都不行。

对我来说，那次眼睛意外受伤，只是多米诺骨牌倒下的第一块牌，这以后的一切，接二连三，都好像是注定好了的，虽然我从小就不想当作家，但是在不知不觉中，偶然成全了必然，我七绕八弯，终于成了作家。

最终会走上文学这条路，我至今觉得非常滑稽。我的父亲被打成"右派"以后，他对文学充满了恐惧，所以从小就教育我不要写作，不要当什么作家。父亲觉得我长大以后干什么都可以，能为人民服务就行，但是只有一条路绝对不能走，这就是写小说，不要去耍弄笔杆子。

受家庭影响，我小时候有很多理想，唯一没有想到的就是当作家。我上初中的时候，特别喜欢玩半导体无线电，在高中和当小工人的时候，特别喜欢玩照相。与同时代的同龄人相比，我显然是那种数理化都说得过去的乖孩子，学习成绩好,听父母的话,不调皮捣蛋,从来不和别人打架,从来不欺负人,从来都是被别人欺负。高中毕业以后进工厂当了工人,我自学了高等数学,后来恢复高考,我最想报考的是医学院。

当时遇到的一个最现实问题,是我受过伤的眼睛过不了体检关,这可是一个硬杠杠,体检不合格,一切都是白搭。最后我只好选择文科,文科才不管你是不是已经瞎了一只眼,文科意味着什么人都能干。印象中,一向很讲究的政审已经不重要,家庭出身也不重要,是不是"右派"子弟根本没关系,毕竟"四人帮"粉碎了,就要改革开放了。不过选择文科真不是我的本意,我只是傻乎乎地想上大学,当我收到南京大学中文系的录取通知书时,父亲没有给我一句祝贺,只是感叹了一声:

"没办法,又要弄文了。"

父亲把写作看成了一件非常可怕的事,他的这种观点深深地影响了我。考上大学虽然很高兴,但是学文完全不是初衷,为此我常常感到找不到北,根本就不知道努力的目标在哪里。学文的人必须得有才气,我一直觉得自己最缺乏的就是才气。我丝毫没想到眼睛不好会把我逼到这条路上来，如果不是因为眼睛，我想自己更可能会成为一个科学家，我的性格很内向，不善于和别人打交道，把我扔在实验室里倒是非常合适。我并不在乎干那些单调无聊枯燥的工作，而且我的动手能力也很好，和周围的人相比，我这方面明显地要高出一筹。

考上大学后，我一直是把写作当成一种玩的东西，无论是写小说还是发表小说，我都没有决定要当作家，都没有想到会把写作当作自己的职业。我用到"玩"这个字的时候，一点都不夸张。我只是觉得一个人业余写点东西挺有意思，写作是一种能力，是个人就应该具备这种能力，学文的人更是马虎不得。直到研究生毕业，到出版社做了编辑，写的东西开始多了，我才慢慢地走上了文学不归路。和文学，我是地地道道地先结婚，然后再恋爱。因为写作，我爱上写作；因为写作，我已经不可能再干别的什么事。我现在已经没有办法想象，还有什么能比文学更美好，更能让人入迷，离开了文学，我还能干什么呢。

我们常常会说文学是一种痛，为什么，为什么歌舞升平常常就不是文学？文学与珍珠的形成十分相似，珍珠是河蚌的一种痛造成的，是因为有了伤口，有了不适，文学同样是痛苦的结晶，没有痛在里面，就不可能形成美的文学。世界上好的艺术品，文学，音乐、绘画，都一定要有点痛在里面，要让你难受，要让你痛不欲生，只有这样，才有可能产生一些真正的好东西。好货不便宜，如果轻易就能够得到，如果说来就来，手到擒拿，稀里糊涂地就产生了，那真的就不一定是珍珠。

不管真相是不是完全这样，我的眼睛所受到的伤害，它成全了我与文学结缘。就个人的生活而言，这实在是一件很痛的事。一个人的伤痛往往是微不足道的，但是文学真的不能没有痛，不关痛痒是不行的。

文学痛在人心，没有痛，就很可能没有美，不妨以张爱玲小说中的一个痛为例。张的名篇《金锁记》大家一定都熟悉，七巧嫁给了残疾人，早年守寡，后来获得了一大笔钱，但是这钱使这个女人变成了一个恶魔。为了控制自己内向而美丽的女儿，七巧让女儿养成很多坏习惯，包括抽大烟，后来女儿终于遇到了心仪的对象，谈婚论嫁，开始对未来有了美好向往，悄悄把大烟给戒了。一天，那个她爱的男人来找她求婚，可是七巧用一句话，就很轻易地把女儿的一生幸福给毁了。七巧说了什么？她告诉那个男人，说女儿"抽完了大烟就下来"。

为什么一个做母亲的人，要处心积虑地毁掉女儿的幸福？明明女儿已经在戒鸦片了，谁都知道戒鸦片是件很痛苦的事，她作为母亲，不帮女儿掩饰，却还要故意夸大其辞？这就是张爱玲的过人之处，她看到了人性中那种无奈的痛，就忍不住要把它写出来。关于张爱玲小说有很多评价，我一直认为这个细节非常有力度，非常华美。写的人心痛，看的人也心痛。痛是一种难以言语的东西，不仅仅是美，也不仅仅是丑，它很揪心，像阴魂不散的鬼魂，像黎明前的雾气，它伴随着我们，让我们忍不住要叹息，忍不住要叫喊。

文学往往就是这样那样的一些痛，而痛中间始终都有善。事实上，只有善才能让我们更容易体会到人生，才能确切地感受到文学中的痛。善根是文学存在的基础，好的文学作品里面不仅要有痛，要有痛的底子，还必须要充满善，一定要有些让人刻骨铭心的东西。我总是情不自禁地就会想到奥地利作家茨威格,想到他的自杀。茨威格或许不能算是一个很伟大的作家,但是他的小说《一个女人一生中的二十四小时》《看不见的收藏》都是非常好的作品。他出身在一个非常有钱的犹太人家庭,根本不需要文学来养活自己,他有点像当年的京剧票友,所以会玩文学,是觉得文学很美,觉得文学很有意思,于是就从事了这项伟大的事业。

我今天要谈的不是茨威格的小说,而是他的最终结局。他是犹太人,希特勒大肆屠杀犹太人的时候,他已逃到了巴西。能幸免于大屠杀,对于任何一个欧洲犹太人来说,都是十分幸运的,都是奇迹,但是茨威格最后还是自杀了,他不愿意苟活,和他的同胞遇难一样,他选择了打开煤气阀门,死于煤气中毒,只是地点不同。

为什么他会选择自杀呢?因为他对当时的人类太绝望,他找不到自己继续活下去的理由。他曾经觉得这个世界会非常美,充满了诗意,然而一个本应该很美的和谐世界,为什么会突然变得如此不堪,如此丑如此恶。茨威格的小说里到处都是美,而这个世界实在太丑陋了,这让他感到太痛,所以他选择了自杀。

我不想评价自杀这件事，我只是想说，一个作家，一个优秀的作家，他必须得有些相当与众不同的东西，必须得有些相当多的与众不同的看法，只有这样，才能够货真价实地感受人间的至痛和至善。

还是把话题回到我受伤的那只眼睛上，多年来，我一直觉得它只是个人的不幸，是命中注定，是生命中必须承受的痛。记忆中，我当时最大的恐惧，不是自己破相了，不是已经瞎了一只眼，而是医生要为我直接往眼球上注射药水，这是治疗的必须，根本就不可能避开躲过。这个真是太恐怖了，医生把装满药水的注射器对我举起来的时候，我常常感觉到了世界末日。我孤零零的一个人，孤零零地在医院，身边甚至没有一个熟人。事前事后都没有人安慰我，我胆战心惊地走向治疗室，因为注射将在这里进行，对于一个孤独的十三岁孩子来说，这真是很糟糕的一件事。

每次注射我都感到自己想吐，很疼，头痛欲裂。每次我都要独自一人在治疗室呆坐半天，医生觉得我很勇敢，护士觉得我很可怜，她们时不时地会表扬我几句。多少年来，我一直不愿意回忆这事，我一直都在试图忘却。然而我第一次觉得它的严重性，却是在二十多年以后，当时是在上海，跟余华和苏童三个人在一个宾馆里聊天，无意中谈起当年。当我说到父亲听说是自己儿子被别人打伤，而不是儿子打伤别人，心里竟然仿佛一块石头落地，余华就在原地跳了起来，说这太恐怖了，这叫什么事呀，怎么会是这样。

这个例子足以用来形象地说明"文化大革命"的残酷，多少年来，父亲在儿子眼睛受伤这件事上，无论是他自己，还是别人，更多的都是感慨那个特殊时代的巨大阴影，也就是余华的本能反应，是那种对变态和扭曲社会的敏感，是对以往历史的锥心之痛。人已经变成了非人，人已经变得完全麻木，这就是我们对"文化大革命"的基本认识。我们会想"文革"就是这样，就是这德性，知识分子被打倒了，受迫害了，还有不可一世的工宣队，还有草菅人命乱哄哄的医院和社会。

今天，当我们以一种近乎控诉的心态回忆、重温"文革"的历史，往往会意气用事，会居高临下，会觉得有很多往事不可理喻，会觉得怎么这样怎么那样。可是事过境迁，心平气和地回想往事，回想到我的眼睛受伤这个事件，似乎还可以找到另外一种答案。对于历史可以有不同的解读,事实上,我太了解父亲的为人,即使不是在"文化大革命"这样的年头,即使不是被打成"右派",他也仍然不会愿意自己的孩子去伤害别人。

自己的孩子伤害了别人,这是一件非常糟糕的事情,如果一定要他做出选择,我相信他会选择让自己孩子受伤。这显然又与时代没有什么关系了,是不是"文化大革命"并不重要。就好像热爱文学很可能会是我们的天性一样,怕伤害别人也是文学的重要品质。怕伤害别人是什么,说白了,这就是一种善,一种很大的善。善在文学中同样有着非常特殊的地位,文学光有痛还是不行,还必须得有善,要有大善。文学并不是用来复仇的,不只是还债,锱铢必较,睚眦必报,这不是文学。文学可以控诉,但绝不能仅仅是控诉。

我一直认为《在酒楼上》是鲁迅最好的小说,它的情节很简单:小说主人公吕纬甫回老家完成母亲叮嘱的两件事,一是为自己早逝的小兄弟迁坟,老母亲总是对死去的爱子念念不忘;二是为一个小女孩送她想要的剪绒花,这个小女孩曾为了想得到这剪绒花挨过骂,因此老母亲一直把这事放在心上。结尾也很简单,前一件事很顺利地完成了，后一件却无法完成，因为那小女孩听信他人的谎话，以为自己会嫁给一个连偷鸡贼都不如的男人，结果郁郁寡欢，生痨病死了。

一个老母亲对死去的小儿子牵肠挂肚，一个美丽的小女孩被谎言蒙蔽，并因此丢了性命，这些并没有什么实际意义的小事，细细品味，不禁让人扼腕叹息。好的小说就是这样，不要太多，有那么点意思就行了。文学常常不是说什么大道理，有时候就是表现一些非常细腻的小情节，这种东西很小，却很痛，很善，因此也就会显得非常美。

文学往往就是从很小的地方开始思考，我祖父曾反复告诉我，你一定要用心去发现。文学往往不是去考虑这个东西有没有意义，考虑它有没有用，而是去发现一些看似十分平常的东西。你必须要静下心来，要有一双能够发现的眼睛，要有一双会观察的眼睛。要有心，要能敏感地感觉到痛，要能敏感地感觉到善。文学并不是什么了不得的东西，它也许很平常，也许很简单，但是一定要痛，但是一定要善。

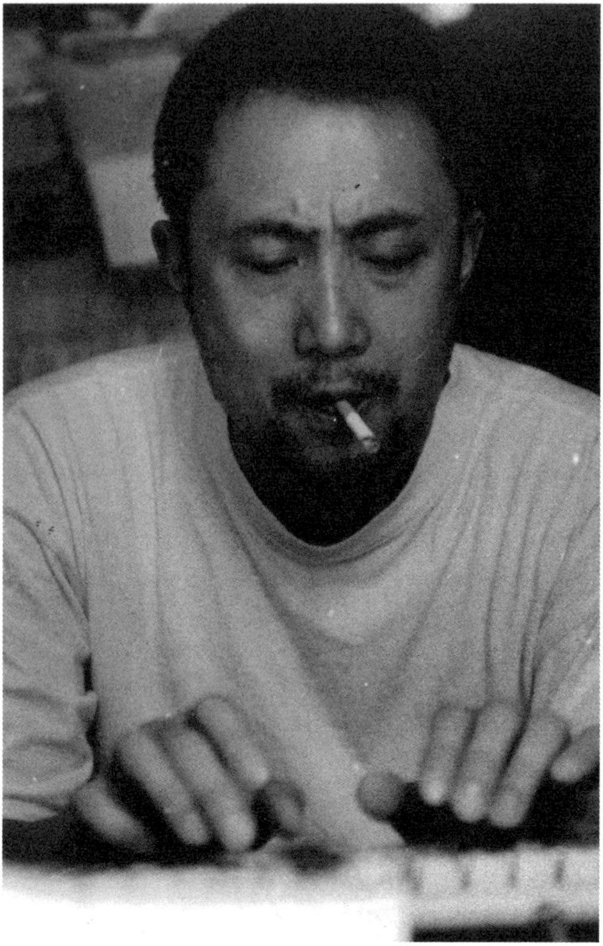

无用的美好[①]

各位校友，同学们，你们好，十分感谢，谢谢你们过来捧场。也要谢谢洪馆长，感谢他为我们提供了这次面对面的机会。关于今天的话题，我曾事先咨询过洪馆长，希望他能为我提供一些参考性的建议，问他我应该说些什么，他的回答是随便说什么，说什么都行，怎么想就怎么说。洪馆长真是不拿我当外人，一点都不见外。当然，这说明母校气氛是很自由的，我知道这个，我也曾有过这样的体验，言论自由在这所学校里历来都是有光荣传统的，即使

[①] 本文是作者在南京大学"读书周"的讲演。

是在特殊的年代，它也是一个相对自由的地方。我知道，在这里说什么都可以，我很高兴回到一个可以想怎么说就怎么说的母校。

俗话说，凡事开头难，很多事只要把一个头开好了，后面的买卖就好办。写文章的道理是这样，想方设法考进一所好大学也一样。我知道你们都是很优秀的学生，不优秀你们进不了这所大学的门槛。我们母校的门槛是很高的，要想跨过它并不容易。不管怎么说，开头都是重要的，一个好的演讲开头和考上一个好大学一样困难。

为了今天的演讲，我不敢说自己做了充分的准备，但是可以说已做了过分的准备。演讲定在今天晚上，从这个日子定下来以后，我就一直在断断续续地思考，究竟应该在这里说些什么呢。随便说固然是好事，可并不是所有的人都有随便说的能力，想说什么就说什么其实也很困难，想说什么就能说什么是一种非常高超的能力。事实上我一直悄悄地在做着准备，心里在默念，在背诵，已经对着无形的你们说了许多话。当然都是些废话，想说的再多，想表达的内容再丰富，最后又没有说出来，注定都是废话，不，应该说比废话都还不如，因为这些话没有被记录在案，还没有说出来就夭折了，因此，它很可能什么都不是，连泡沫都不如。

今天能够站在这个讲台上，很高兴同时也觉得非常荣幸。想过很多个开头，结果我自己也不知道，究竟是用哪一个开头才好。还是先说说老实话吧，除了高兴和荣幸之外，我现在的心情更多的是紧张，"少小离家老大回"，母校的变化实在太大了，先不要说我跟这个崭新的学校，跟这个美丽的校园没什么关系，就算是我的孩子，一个刚毕业的博士生，她作为校友，她的本科也是在南大读的，也从没有在这里读过一天书。现在的这所学校不仅对我来说是陌生的，对很多年龄比你们大的校友都一样。

一眨眼已经过去很多年了，三十五前的秋天，我有幸进入了这所学校。那时候，我已经当了四年工人，当时最大的心愿，就是能考上大学，就是能够重新走进课堂。那时候的录取真是有些不可思议，我怎么也想不明白，为什么像南京大学这样的学校，录取通知会放在最后。我记得当时的情景就是，身边的考生都已经拿到录取通知书了，可是南大的通知书却放在最后。当时真的很担心，很被折磨，毕竟高考刚刚恢复，虽然考分面前人人平等，仍然会有很多理由不让你录取，譬如政审，譬如体检。很幸运，我被这所学校录取了。对我来说，这是一件非常有意义的事情，如果非要回答自己人生道路上最重要的一步是什么，我会毫不犹豫地回答，就是有幸进入这所学校。因为进入这所学校，我的人生被彻底地改变了。

写过一篇回忆母校的文章，当时是为了一个什么纪念日，是建校一百年还是别的什么，反正是要你写印象最深刻的事情。我想了想，就真把自己印象中最深刻的一件事写了出来，这就是厕所里的气味。为什么会突然想到这个，为什么会念念不忘这么一件听上去不是很雅的事情，为什么？

这跟当时的苦读学风有关，那时候，为了保护同学们的身体健康，学校到晚上是要拉灯的，到了晚上十点，除了过道和厕所，所有的灯光都被强制拉灭了，而学生为了多读一会书，便端着凳子坐在过道里看书。过道的灯很暗，靠近厕所那里才会亮一些，所以每天晚上都有很多人聚集在那里苦读。大学四年，尤其是前两年，我感到的最大压力就是同学们实在是太用功了，一个个都是学习狂人，都是学霸。附带说一声，那个厕所里气味真的很大，臭气熏天，弥漫在空气中，让人头晕恶心，你们想想，都是年轻人的青春气息，都是荷尔蒙，我夸张地说一下，那气味划根火柴都可能点着。

时隔多年，这所大学变化真的太大，变好看了，当然还有一个变化，这就是女生变多了，变得太多太多。当年我们读书的时候，整个南京大学只有一栋女生宿舍，就是这一栋，也仍然没有填满，一楼还住着男生，为女生们看家护院。物以稀为贵，我想当年男生们的用功读书也是有道理的，这和女生太少多多少少有些关系，那年头没有电视，不能上网，大家有劲也没地方使，想泡妞又没几个妞，那就拼命读书吧。我想现在的情况肯定不一样了，如今的文科都快成为《红楼梦》里的大观园了，到处都是美女，最不起眼的小男生也会觉得自己是贾宝玉，你们如果没心思读书似乎也是情有可原了。

少小离家老大回，说到现在，我都是在说些不着调的事，还是坦白一下"近乡情更怯"吧。你们别以为我站在上面侃侃而谈，倚老卖老胸有成竹，其实内心深处非常紧张。我不善于演讲，站在这个讲坛上，心里此时七上八下。按说也不应该再紧张了，毕竟我已经是第三次走上这个讲坛，而且是在不长的时间内。然而前两次比较简单，前两次都是打酱油，只是在这个讲坛上面站台，帮人家呐喊助威。记得第一次是胡乱说了几句，为在这做活动的中华书局说了几句好话。第二次一句话都没说，只是作为颁奖嘉宾走上来颁个奖完事。

今天的情形完全不一样，就像一位害怕考试的同学一样，最后的关头已经到了，已经没有退路。现实的状况就是这样，我站在这里已无退路，怕也好，不愿意也好，必须咬着牙走上讲台，必须要通过这次考试，必须把这个学分拿到，必须大胆老脸地丢一次脸。记得第一次站在这个讲台上，好像有十多个人，一排人傻傻地坐在上面，挨个过堂发言，就像说群口相声一样。我并没想到自己会被安排在最后一个讲话，在座参加过那次大会的同学一定会记忆犹新，当时的情形是我在琢磨，无论从哪个角度看，按岁数，按坐的位置，按级别，都应该很快就轮到我发言。在那样的场景中，我真的希望能够早点说完，早说早完事，早死早投胎。别人说话的时候，你总以为主持人会让你马上发言，就要轮到你了，可是接下来，每次都是点了别人的名字。

这次的情形也有几分相似，上次是坐在讲台上等，这次呢，却是在底下等。事实上，这些天我一直在想象应该跟你们说些什么。等待有个好处，它可以让你的想法更成熟，但是也可能更混乱。为什么呢，因为你可能想得太多了。像上一次那样，自从日子定下来，我就有些迫不及待地想把这次讲演讲完，等待的时间越长，我的思想就越会开小差，就会越想越多越想越乱，最后就会乱得都不知道自己应该说些什么。

想太多也是麻烦，想多了就是麻烦，为了今天的演讲，我想得太多太多。这些想法，夸张地说，写一本书都足够了，说不定讲一学期的课都可以。我是个作家，有着太多的想象力，有太多话要说，有太多的想法想表达。而关于演讲，我又缺少最基本的锻炼，演讲也得要尝试，也要训练，可是我平时的习惯，基本上都是在拒绝。当一个自由自在的职业作家有个好处，这就是你可以拒绝很多你不愿意做的事情。

说一句老实话，我的性格非常不适合演讲。我是个彻头彻尾的怀疑主义者，什么叫怀疑主义呢，就是什么都觉得会有问题。说话的时候，我总会想到自己这样说不太对，不太妥当。我不应该因为自己的固执，让同学们产生错误想法，因为有很多问题，我自己还没有想明白，很可能我自己的想法就是幼稚的、错误的。我曾跟作家余华聊过这个话题，他就笑我，说这个确实很麻烦，演讲就是要让别人相信你说的话，你自己都没相信，你又怎么能说服别人呢。

今天的讲题是"我们这个时代的阅读和写作"，已经扯了半天，可是直到现在还没有说到正题。好吧，别再乱扯了，还是回到几个关键词上。海报上的那几个词都太大了，什么时代呀，阅读呀，写作呀，三言两语都说不清楚。我要非常老实地告诉你们，它们只是装装门面的大旗和虎皮，只是挂着的羊头，都是做广告，我今天最多也就是点到而已。什么才是这个时代的阅读和写作呢，我说了什么都不能算，是什么要靠你们自己回去琢磨。

还是聊聊打酱油吧，今天扯了那么多，也许你们记得最清楚的就是"打酱油"这个词。我刚刚扯了那么多，说来说去，仍然还是在打酱油，说一些没什么道理的空话。不管这句话中不中听，我还是要把它说出来："作家其实就是打酱油的，尤其或者说像我这样的作家。"也许我注定会让你们感到失望，你们会发现，作家原来就是这个德性，就是这个思想觉悟。今天我来到这里，除了打酱油，就是想解除作家头顶上的光环。同时也让你们变得更加自信，今天坐在台下的同学，在不久的将来，一定会有人像我一样，走到这个光荣的讲台上来。我今天只不过是现身说法，让你信心十足，让你们明白，一个像我这样没有什么逻辑的人，一个不太会表达的人，一个纯粹是打酱油的家伙，都敢站在这里胡扯，那么至少说明这活以后谁都可以干，而且请你们相信我，你们一定会比我说得更好，表现得更出色。

我已经几次说到了打酱油，这个词听上去不那么好听，有点玩世不恭，有点对文学缺少敬意，有点敷衍这次讲演的意思。当然不是这样，我可不是个玩世不恭的人，我非常敬重文学，非常在意这次演讲。我对文学的热爱远远超过你们的想象，文学就是我的生命，就是我的一切。如果没有文学，我的人生将变得没有任何意义。但是不管怎么说，作为一个必须要讲真话的作家，我真的没有办法避开"打酱油"这个词。因为这就是赤裸裸的真相，这个词用在一个作家身上非常合适。说白了，作家就是一个打酱油的人。我这么说，丝毫没有亵渎文学的意思。

三十多年前，我在这所学校念书的时候，文学的地位非常高，高得非常离谱。一部小说可以让农村户口变成城市户口。发表一部小说立刻让你从一个小人物变成大人物，从一个"屌丝"变成明星。那时候有门课叫文学理论，我不知道现在还有没有，当然是应该还有，不过我想它的腔调一定是改变了。我读书的时候，文学理论基本上就是一门自吹自擂的课程。

老师们会怎么说呢，都是一些很神圣的词汇，古人怎么说文学，领袖们怎么说，名人怎么说。关于文学有很多美好的大词，什么改造国民性，什么作家是灵魂的工程师。毛主席他老人家还说过一句话，利用小说反党是一大发明。

这些说明什么呢，说明文学很厉害，对社会有着非常大的功用。然而文学的真相是不是这样呢？当然不是。常常有人要举鲁迅的例子，说鲁迅的文学观充满了社会正义感，他才是真正的作家。常常有人用鲁迅来指责当代作家没有良心，说当代作家没有担当，是玩文学，缺乏社会责任感。

不妨听听鲁迅当年对黄埔学生是怎么说的，他在那次著名的演讲中说出了文学的真相。很多同学其实都应该知道他说过这话，因为那次演讲的内容写成了文章，收在文集里。出乎大家意料的是，鲁迅没有跟黄埔的同学们谈小说，基本上也没有谈文学。他的一番演讲，概括起来就一个主题：赤裸裸地鼓吹暴力革命。面对即将驰骋战场英勇杀敌的军校学生，鲁迅把话说得直截了当，一下子什么都给挑明了：

"一首诗吓不走孙传芳，一炮就把孙传芳轰走了。"

鲁迅为什么要这么说呢，他只是很坦白地告诉大家，文学其实是最不中用的东西，是没有力量的人讲的话。他接下来还有这么一段文字，我说给大家听听：

"有实力的人并不开口，就杀人，被压迫的人讲几句话，写几个字，就要被杀。"

人只有到了没办法的时候，才会借助文学，所以文学常常是无用之人玩的事，鲁迅随手举了几个很生动的例子，说自然界老鹰捕雀，猫捉老鼠，不声不响的是老鹰和猫，吱吱叫喊的是雀和老鼠，结局是什么呢，就是会叫的被不会叫的吃掉。文学向来都是弱者的声音，在强者的心里，根本算不上什么。我们都知道毛主席他老人家也说过："革命不是请客吃饭，不是做文章。"经过考证可以确定，这话比"一炮就把孙传芳轰走了"还要早一个月。真是英雄所见略同，鲁迅的演讲结束没几天，上海发生了震惊中外的"四一二政变"，国共从此正式翻脸，四个月以后，毛泽东第一次提出了"枪杆子里出政权"的英明主张，因为这句话，共产党得了天下。

都是知识分子，都是文化人，鲁迅只是动动嘴，只能玩玩笔杆子，再厉害也不过是被别人所利用。枪杆子的厉害不用多解释，过去常说关键时刻，到了亡国之际，要投笔从戎，因为最终解决问题，还是得靠军事实力。我曾经十分怀疑鲁迅的演讲，是为了讨军校学生的喜欢，是为了鼓励未来的年轻军官们，后来终于明白，他远没有那么世故，只不过是说了千真万确的大实话。

现实生活中的文学，常会无端被拔高，上升到让人脸红的地步。圈外的人说说也罢，多少还有些客套，有些敷衍，偏偏许多文学圈里的人，揣着明白装糊涂，也经常忘乎所以。文学的作用向来都被夸大的，看见有人把文学拔得过高，高得太离谱，我就会想到鲁迅当年是怎么说的。

作家张爱玲看到街头有个警察在欺负一个拉三轮车的车夫，她很愤怒，然而首先想到的，不是立刻回去写文章，或者像今天这样发一个微博，抨击社会上的不公，而是想到自己最好能去嫁一个市长，然后再让自己的老公去收拾那个坏警察。这个例子真的很生动，形象地说明文学再好再厉害，在现实生活中，也就只能是扮演一下打酱油的角色。文学永远站在弱者一面，从事文学的人自己就是弱者。文学是生活不幸者的职业，一个打酱油的人其实就是一个旁观者，文学的现实恰恰就是这样。我们只能选择旁观，文学是一种旁观者的干预，如果你们要更有效地改变这个社会，最正确的选择不是从事文学。你们应该去干些别的什么，干一些别的更实际的工作，譬如经商，譬如从政，譬如学法律。你们应该直截了当地去考公务员，不是为了待遇,不是为了有参与腐败的机会,而是为了真要改变这个不健全的社会。只有当了官才可能反贪,有了权力才可以造福社会。要有打进敌人内部的勇气,当然更重要的是不能被敌人同化。

在当官的面前,我们都是最普通的草民,我们都是"屌丝",我们必须要了解自己,非要让我们这些普通人去操那些当官的人才应该操的心,是不现实的。如果当官的在腐败,却非要让我们去反腐败,让作家,让你们这些无权无势的学生去反,去喊口号,不这样就说我们没有责任感,就说我们是在逃避,这个好像也太扯淡了。哪朝哪代都知道贪腐不好,说白了,腐败就是无法无天,就是欲壑难填,这么简单的道理用不着我们再来唠叨,人不能这样:世道也不能这样:你们占了便宜,你们得了好处,却怪人家的文学不追求理想,怪人家的文学不出来干预。

文学的现实是什么呢？首先,经过过去几十年作家的努力,当代文学的水准已经大大地提高了。就文学品质来说,它比二十世纪八十年代初期文学热的时候强得多,甚至也比所谓的现代文学要强许多,无论是在思想或艺术上,当代文学都有着非常明显的提高。对于一个有心人来说，得出这样的结论并不困难。但是同时我们也发现，文学的光环却越来越淡，文学的光环已经不复存在。

最好的例子莫过于电视征婚《非诚勿扰》，这显然是一个你们都熟悉的节目，有一个场面你肯定都熟悉：当征婚的男士说自己喜欢文学，喜欢写诗，立刻会引来一片声的灭灯。喜欢文学成了美女们痛下杀手的直接原因，在二十世纪文学热的时候，喜欢文学是一个非常好的包装，文学是一种有品味的象征。男男女女不管是不是真的在阅读，都喜欢传递出这样的信息，说自己喜欢文学，喜欢看外国小说。可是今天的风气已经完全变了，我前面还说过，今天我的演讲要去掉文学头顶上的光环，事实上，根本用不到我来去除，文学的光环早已不复存在了。

德国人顾彬把中国当代文学称之为垃圾，他的声音非常尖锐，而且大快人心，在网络上获得了一片赞扬和叫好。共鸣发自内心深处，为什么会这样呢？因为这句话给了那些根本不阅读当代文学的人，那些其实什么都不阅读的人，一种道德上的借口和安慰。中国是一个有文化的文明古国，一向是提倡读书的，学而优则仕，书中自有颜如玉，书中自有黄金屋，多少年来，我们都相信读书是万能的，读书是高尚的，即使到了今天，文学的光环已不复存在，我们仍然还要心有不甘地搞这样那样的读书活动，要搞读书周，要鼓励大家去阅读。

顾彬给予当代文学的这一棒子，正好让大家放下了缺乏阅读的包袱，解除了大家心头没文化的顾虑，从反面证明了不阅读也是对的，也是有理的，为什么呢，因为中国当代文学都是垃圾，是垃圾干吗还要再去阅读呢。我曾用过"当代文学是跌倒在街头的老人"这个形容，一个老人在街上跌倒了，按照最基本的道德观，我们应该毫不犹豫地上前将老人搀扶起来，将老人送到医院去。可是我们现在找到一个非常堂而皇之的理由去拒绝，这就是说这个老人他会讹我，出于保护自己的理由，我就可以十分坦然地冷血，视老人躺在地上而不顾，同时还获得了一种道德上的安慰。同样的道理，对于当代文学也是这样，我们可以名正言顺地不阅读，我们先给它定个位，说当代文学是垃圾，因此为了洁身自好，我们就不想再阅读，然后呢，然后就是其实我们什么也不在读。所谓不读当代文学常常就是一个幌子，其他的什么世界文学名著，其实也不可能阅读。大家能看看文学名著改编的影视，就已经是给文学面子了。

这个就是当代文学的真实处境，一方面，有一批作家默默耕耘，努力写作，正在千方百计地探索，试图提高当代文学的水准，另一方面，在读者方面，遭遇了太多的冷漠和拒绝。今天很多人不阅读已是个赤裸裸的真相，人们都不是在用眼睛去阅读，我们更多的是用耳朵去读，然后再用嘴巴去人云亦云地传播别人的观点。记者就是这么写书评的，评价一部当代小说的好与坏，不是凭我们自己的眼睛看到了什么，不是用我们的心灵去感受，而是靠听来的各种小道消息和新闻片断，然后又当作自己的经验说给别人听，理直气壮地发表议论，毫不客气地骂娘。很多人现在都是文学评委，他们只关心排名，只关心排行榜，他们总是像猜谜一样给当代作家胡乱打分。

文学还能干些什么呢，文学就是文学，并不是什么了不得的东西。文学是通过虚构来干预这个社会的。我们经常会编这样的一些小段子，譬如我就曾经写过文章，说民国年间有一位老先生这么说，说北京是个官场，上海是个十里洋场，于是想做官的年轻人都跑到北京去了，想挣钱的都去了上海，只有想读书的书呆子才会来南京读大学，因此南京这个地方最适合读书人。后来我写了一本《南京人》的书，把这句话的意思又给放大了，说南京人和北京人不一样，北京人想当官，上海人想发财，南京人当不了官发不了财，因此他们什么都不想，天生是六朝人物。

中文系的前辈董健老师信以为真，曾经很认真地问我说这话的那位老先生是谁，谁才是这位民国的高人，他说这些话很对，很有道理，很符合实际。我只能对董老师坦白，没有这样一位老先生，根本就不存在，这个段子是我瞎编的，是文学创作，它只不过是代表了一种美好的理想，我希望南京的大学生是这样，希望南京的老百姓是这样。平心而论，天下乌鸦一般黑，五十步笑一百步，事实上的南京大学生、南京老百姓和中国其他地方的人一样，也都好不到哪里去。倾巢之下岂有完卵，这年头，大家都想升官发财，这就是我们这个时代的尴尬，也就是我们这个时代活生生的现实。

还有一个非常流行的段子，也不知道是谁制造出来蒙人的，就是说中国人不怎么阅读，而在法国巴黎的地铁上，有很多人都在读名著。同样的描述，还有说在俄罗斯莫斯科的广场上，有不少市民在看诗集。因此对比起来，好像中国人显得特别没文化，我们的市民特别没教养。事实是不是真的这样呢，当然不是。我出国在外，经常留心外国人的阅读，事实的真相是整个世界都不在阅读，阅读已经非常边缘化了。当然，不阅读也没有什么大不了，天塌不下来，今天这个世界上有许多好玩的东西，人们为什么非要阅读呢，许多关于阅读的光环，都不过是编出来的励志故事，都不过是心灵鸡汤。

南京这地方适合读书是个假象，国外的读书空气也是个假象，没有什么适合阅读的地方，也没有什么不适合阅读的地方。阅读就是阅读，不阅读就是不阅读，找不找借口都一样。为什么要制造出这些虚假的东西呢，我想这就是文学存在的原因，也是文学的目的，我们大家都需要有些心灵鸡汤一样的东西来滋补一下，有些谎言是善意的，然而它说到底还是谎言。凡事都有一个相对，相对于北京上海，相对外面的世界，南京毕竟是个可以读书的地方，起码我们希望是这样。

这些假象就是文学，为什么要这么说，因为我们都希望这样。文学只不过是利用虚构，用虚构的方式表达一些非常良好的希望。换句话说，文学永远只是理想。喜欢文学的人被讥笑为书呆子是有理由的，我们就是书呆子。当然，光是表达希望还不是文学，理想也不全是文学，文学更重要的还

得像今天这样，要勇敢地揭露真相，要实事求是。虚构的真实不是真实，要告诉大家，尽管这样那样更好，但是事实不是这样的。事实是什么呢，事实就是其实大家都不怎么读书了。阅读已经不再时髦，阅读正在远离今天的日常生活。今

天我们为什么还要搞读书周呢，就是想提倡读书，就是想恢复读书曾经有过的荣耀，就是想改变这个不怎么阅读的活生生的现实。

能不能改变呢，我想是不能的，不可能的，为什么呢，原因很简单，时代的风气从来都以人的意志为转移。作家不能因为你是写书的，你是写小说的，你表达了什么远大的理想，就要求别人都来读书。这个世界是自由的，一个好的社会也应该是充分自由的。文学说到底，最后只能是喜欢文学的人的事情。聊以自慰的是，当今世界读者少了，但是读者的队伍却可能更纯粹了。阅读和写作都已经变得非常小众，但是这并不等于说，我们就应该因此放弃写作，放弃阅读。对于我们这些热爱文学的人来说，文学就是我们的生命，就是我们的生活方式，就是我们的一切。它热闹不热闹早就变得无关紧要，我们还在坚持，我们还能够坚持，不是因为文学这个行当需要我们，不是因为它伟大，不是因为它有什么用，不是因为它的实用价值，而是我们需要文学，而是我们离不开文学。当然，我说的这个我们，其实是特指我这样的人，是专指喜欢和热爱文学的我们。

时间已经差不多了，还是回到前面说过的话，文学说白了，是想表达那样一些良好的愿望，当代文学是有追求的，当代文学当然不是垃圾。同时，我还想强调再强调，相对于政治，相对于经济，相对于军事，相对于法律，文学很可能是没有多大作用的，正是因为它的无用，它的不实用，才导致了很多轻视它的理由和借口出现。关于文学无用的话题我已经在很多场合说过，也唠唠叨叨地写了不少文字。话多必失，言多往往害义，关于文学无用这个话题今天可能说得太多了，这显然并不是我的本义，其实我更想说的是它的美好。我所以说了前面的这么一大堆话，不是想简单地证明文学的无用，这是无需证明的，我不想让大家进一步轻视文学，而是想强调它的美好。文学是非常美好的精神佳肴，我的目的是希望大家正视现实，希望大家能够去品尝它。我不过表达了一个美好的愿望而已，其实作为一个作家，你所要做的一切，就是千方百计地努力把文学这道大菜做好，然后希望读者能够去分享它。把菜做好才是作家的义务，也是作家的责任，好的菜肴没人品尝，作家干着急没用的，也是没有意义的，这应该是读者的遗憾。人生免不了太多的遗憾，面对美味佳肴，你们依然无动于衷，可惜的只是你们。有用没用这把实用主义的尺子是衡量不了文学的，文学有自己的度量衡，有它自己的好坏标准。你永远无法用实际的重量和长度来衡量文学。文学就像男女之间的爱情一样，它是非常美好的东西，是心灵之间的奇妙感应，从来都不是用有用没用来衡量的。没有爱情，人类照样可以存在，人类照样可以延续。文学的道理也是一样，但是有爱情和有文学的生活还是不一样的，因为有了爱情，有了文学，人类的生活才有可能变得更美好。

时间的关系，有些话题已来不及展开了，好在这些话语，这些想法，我都写过文章，我的书里都有，你们如果有兴趣，还想进一步了解，可以去找来读一下，我这里也算是为自己先做个广告。时间已经到了，我不能再这么自顾自地说下去。下面是互动环节，请同学们提问，我们继续聊聊大家更感兴趣的话题。

谢谢大家。

二〇一三年十月二十八日

南京大学图书馆礼堂

成仁[①]

又站在了讲台上,真是件让人尴尬的事。我常常会这么想,什么时候可以真正一劳永逸地远离这样的文学讲座就好了。为什么呢?有两个原因,首先是在我自己,不愿意这么讲,不喜欢这样的讲座。关于文学关于写作,我该说的话都写在文章里,斟词酌句,自忖写得比较认真,比较当回事,你们真想知道我打算说什么,可以去看我的文章。不管怎么说,写出来了,落实成文字,肯定要比随口说强得多。关于文学和写作的话题,三言两语根本讲不清

[①] 本文是作者在"青年作家读书班"上的讲话。

楚，我知道自己讲不好，所以很不愿意讲。

其次，从听众角度讲，类似的文学讲座也确实没用，没那个必要。在日常生活中，会议实在太多了，有人作报告有人听报告，这成了我们无聊人生很重要的一部分。发言的和听发言的都习惯说套话，不是说这活动很有意义，便是听了某某人讲话很有启发。以我自己的个人经验，学习写作三十多年，说句很不客气的话，从没有听到过真正有意义的文学讲座。没有谁是靠听了什么讲座成为作家的。在今天这个世界上，无论国内还是国外，文学活动只是个活动，办讲座做讲座听讲座是这些活动的一部分，它不过是文学十分多余的一个附加品，就好像是人身体器官里的盲肠，真把它给割了，一点关系都没有。

请容许我再说一句非常得罪人的话，在座诸位如果认为参与这种文学活动真有意义的话，那么你们的文学前景一定是不太乐观。如果你们看重这些活动，那么文学很可能会不看重你们。在我看来，什么文学讲座，什么作家班，都没有实际意义，你们完全可以远离它们。当然我也知道，通过参加这类活动，去读一个作家班，情感上可能会觉得离文学近了一些，不过恕我直言，很多文学活动或者说大多数文学活动就是个热闹，就是个肥皂泡，有关写作的这班那班，和真正的写作并没有太大关系。

窗户纸一捅就破，打开了天窗说亮话，我今天把不该说的话先说了，所谓丑话说在前头，你们可能很不习惯我这种说话方式。

我知道你们心里一定在想，既然觉得今天这样的讲座没意义，为什么还要厚着脸皮过来，为什么还要感觉良好地站在讲台上。不只是你们会这么想，我也在这么想，也在这么自责。人活在世上，不如意事十有八九，常常是不想干的事比想干的多，不该干的事比该干的多，今天的这次碰面就是一个最好的例子。我要是说老实话，说自己并不是为了你们而来，你们听了一定不高兴，一定会生气，但是事实就是这样。我真不是因为你们才答应这次讲座，类似的讲座我已经拒绝了无数次。

我是因为熟人的缘故才来到这里，说老实话，我一点都不看好你们。一个搞文学的人，必须要说老实话。差不多三十年前，我父亲和当时的作协领导也参加过一个类似今天的讲座，那位作协领导对听讲座的人说，我很高兴和你们在一起，你们的前途非常美好，我觉得你们中间很可能就有未来的托尔斯泰，你们就是未来的文学大家。这位领导的话很励志，引起了热烈掌声，接下来轮到我父亲发言，我父亲是个老实人，只会说大实话。他结结巴巴地说，哪会有那么多的托尔斯泰，哪会有那么多名家大家，写作无非就是写写自己想写的东西，你们如果喜欢写，想写，把它写出来就行了。

回家以后，父亲很沮丧，他对我说，自己说了老实话，可是老实话往往是不中听的，听的人不高兴，说的人也不会高兴。本应该是件让大家高兴的事情，为什么要弄得彼此都不愉快，然而这又是个非常残酷的事实，喝点心灵鸡汤成不了一个胖子，世界上只有一个托尔斯泰。帝王将相宁有种乎，我凭什么就不看好你们呢，凭什么就认为你们成不了名家大家，成不了托尔斯泰？说话全凭一张嘴，正说反说都可以，我为什么不可以说几句漂亮话来讨好你们呢。原因很简单，在名目繁多的文学活动中，你们不缺这样的好话，不缺这样的恭维，我干吗还要再说废话呢。

废话已经说得太多了，还是赶快进入正题，今天已经来了，来了必须说些什么，必须把剩下来的时间对付过去。我究竟要说些什么呢，标题已事先登出来了，就是黑板上这几个字，"困学乃足成仁"，为什么是这几个字？

我想告诉大家，说到底，我还是个认真的人。为了今天的讲座，抱着一种非常认真的态度，对于我来说，这次讲座完全是一种知其不可为而为的行为，也就是黑板上的这个"成仁"二字的意思。明知道有可能是一次冒险，是一次无谓的牺牲，可是我还是来了，还是做了认真的准备，还是写了讲稿。我知道，很多人会认为这样的讲座很容易，没有人会当真，不值得这么当回事。嘴上虽然不明说，心里都会这么想。作为一个文学江湖上闯荡了这么多年的老手，还要为一次给读书班的学生讲课写讲稿，还要做所谓精心的准备，这个有点搞笑，只能说明我的口才太差，太把不是事的事当回事了。

什么叫作"困学"呢，这两个字的意思其实很容易理解。我现在的这个讲演状态就是一种标准的"困"学，你们坐在下面的表情也是。困就是困惑，就是迷惑，就是想不明白。路曼曼其修远兮，吾将上下而求索。困学是人生的一种常态，是搞文学的人必须面对的残酷现实。今天来听讲座的都是"屌丝",不管你们喜欢不喜欢这个词,讨厌不讨厌这个标签,不管你们的未来是不是发达,能不能成为文学名家,只要今天你们坐在这里,你们就是文学的"屌丝",就摆脱不了这个让人看上去并不快乐的字眼。很显然,如果不是,你们也不会傻坐在这里。

那么什么是"屌丝"呢?冯小刚对这词曾经很愤怒,所以会愤怒,是因为他不知道这个词的原义,只看到了字面上的庸俗和不文明。事实上,真知道这词是什么意思,我们也就释然了。"屌丝"的来源和体育有关,和足球有关。有一个叫李毅的足球运动员,他也曾经风光过,一度还被称之为"李毅大帝",他的粉丝不叫"毅丝",叫更易上口的"帝丝",而这个帝拼音字母是"D"打头,因此,"帝丝"又成了"D丝",最后干脆转成了"屌丝"。如果李毅的足球真能踢得像梅西那么好,像贝克汉姆那样有人气,"屌丝"就一定不是今天这个惨不忍睹的样子,可悲的是中国足球太让人失望,城门失火殃及池鱼,足球不争气,运动员自身不行,连带他的粉丝也跟着一起受累了。

用"屌丝"来形容喜欢文学的人恰如其分。首先,和足球一样,中国文学太让人失望,太容易让人宣泄不满。

在今天，骂中国文学和骂中国足球一样，怎么骂都可以，怎么羞辱都没关系。这个就是悲剧。如果你们喜欢足球，如果你们喜欢文学，那么就准备骂人或者挨骂吧。文学的光彩早就不复存在，二十世纪的八十年代，文学曾经非常风光。对于你们的父辈来说，文学差不多就是那个时代的泡妞利器，可是今天的文学只能是和没希望的"屌丝"一词相伴，看看《非诚勿扰》上的相亲市场行情便明白了，当一个男生怯怯地说自己喜欢写诗，喜欢文学，等着他的就只能是一片灭灯声了。

因此在今天，文学绝不是什么伟大光荣的事业，真相让人沮丧，真相毕竟就是真相。我们都是"屌丝"，承认也好，不承认也好。文学不再光鲜，不再是什么了不得的事情。文学的高调时代早已经结束，很难说它还能够触底反弹。因此，困学的"困"就是文学的困境，而真正的文学，就是在困境中还能够继续坚持，还能够继续"文学"。

在困境中的坚持并不容易，我随便举个例子，说说文字的历史。我们都知道，最初的文字都是象形的，就像我们的汉字一样。可是在文字发展历史中，还有一个拼音化的过程，在世界范围内，拼音化曾经非常主流。一百多年前，中国太落后，不仅是在经济上，更重要是在思想上也远远落后于世界各国，因此当时的仁人志士，都主张改革，主张白话文，主张简化字，有人干脆提出了要走拼音化的道路。

然而汉字最后并没有拼音化，为什么呢，为什么能躲过这一劫呢？有两个原因，一是近代世界变得相对文明了一些，中国虽然受欺负，差一点被列强肢解，但是在亡国威胁下，始终没有真正的死亡，它总是还留着最后一口气。国家不亡，汉字也就暂时不会亡。二是电脑解决了汉字输入难题，电脑时代刚开始的时候，很多人都预言象形文字最后会被淘汰，因为很多人都认为，汉字的输入几乎是不可能完成的。历史上曾有一个大作家林语堂靠写作在美国赚了很多钱，他的理想是发明汉字打字机，因为这个发明能让他赚更多的钱，结果却是让他破了产。

我们的汉字躲过了拼音这一劫，古埃及的象形字没有这么幸运了，古代的征服者不仅征服了这个文明古国，而且强制实行了拼音化，结果就是，很快谁也不再认识古埃及的象形字。使用了三千多年的古埃及文字，突然就中断了，消逝了，此后差不多有八百多年，没有人再认识那些象形文字说的是什么，大家只能像猜谜一样地去揣测古埃及文明。很多学者都只能在黑暗中苦思冥想，直到八百年以后，拿破仑军队中的一名学者无意发现了一块有碑文的石板，那是古埃及文字的布告。上面同时写有好几种文字，有希腊文，还有当时的俗体字，这些文字可以对照起来看，因此也就获得了破解古埃及文字的密码。

重提这个故事的目的是什么呢？我想告诉大家，文明的历史中有很多不文明的事情，而我们这些喜欢写作的人，很可能就像行进在埃及古文字迷失的八百年中的探索者，我们一次次试图接近那些古代文明，可是很可能根本找不到正确的方向。我们被困住了，古文明就在面前，却怎么解释不了它们。文学的意义在于始终有那样一些勇于追求的人，他们处于黑暗中，处于迷失中，然而他们没有放弃，他们不屈不挠，也许他们一生都在追求，结果什么也没得到。

这个就是标准的"困学"，学问的追求从来就不是什么轻松的事情，不是听一两次讲座就可以立刻解决，写一两篇文章就能成仙得道。艺术是什么？艺术就是克服困难。

也许我们的一生，注定没有机会遇到那块写有密码的石板，我们只是无数苦思冥想古埃及文明的人中的一员，但是人生的意义就在于，恰恰是因为无数人的苦思冥想，因为不放弃的追求，当那块写有密码的石板出现在面前时，我们才有可能恍然大悟。事实上，像这样刻有密码的石板在过去一定很多，它没有被发现被重视，很重要的原因，是因为没有遇到那些为它苦思冥想的人。

再举一个唐诗的例子，小时候我喜欢看喜欢背诵，有时候，为了测验自己的老化程度，就想想还能记得的唐诗，默默地再背诵几首。结果很痛苦，我明白自己真的是老了，已经有太多的忘记。说起唐诗，我始终有两个情结，其中一个是排行榜情结，总会想这个人那个人在三百首中被选了几首。我认识的一个熟人，他对唐诗的评价标准，就是按照三百首中的入选数量，在他看来，谁入选得多，谁就是好诗人。这个标准当然有严重的问题，是可笑的，注定会带来遗憾，譬如我非常喜欢李贺的诗，查遍《唐诗三百首》，却找不到一首李贺的诗，是可忍，孰不可忍。《唐诗三百首》影响巨大，可是为了没选李贺，一想到就觉得不能原谅，不应该原谅。

这个其实也是一种困惑，为什么李贺会落选呢，为什么？这种思考也许有助于我们进一步认识，让我们意识到自己的处境。一个喜欢写作的文学"屌丝"，你所面临的困局，有时候不只是能不能找到克服艺术困难的密码，有时候就算你已经找到了，同样会不被认可。这个困惑的存在，对写作者的打击常常会很巨大。如果我们写得不好，不被理解或许属于正常。可是我们明明已经写得很好了，还是不被理解。为什么写作者会被称为"屌丝"，说老实话，常常是因为后一种原因，因此"屌丝"一词中，更多的一层意思是郁郁不得志，因为不得志，所以只能自嘲，只能自我安慰。你想，如果你已经写得很好了，仍然不能被接受，被认可，那么除了自嘲和自我安慰，还能怎么样呢？连李贺都进不了《唐诗三百首》，我们又何必去在乎这奖那奖，在乎能不能写入教材，在乎能不能进文学史？

常常会听到一些似是而非的观点，听上去理直气壮，其实完全不通。譬如说，一个人只要留下几篇好文章，写出几首好诗就可以了，像王之涣，大家常见到的诗只有两首，都收进了《唐诗三百首》，据说他的诗能找到的也就六首。于是结论就可能很简单,你用不到下死功夫去练习写作,用不到拼命地去写,你完全投机取巧,女作家丁玲当年有个时髦观点,就是"一本书主义",什么叫一本书主义呢,就是写好了一本书,一辈子管吃管喝。

这样的例子确实存在,说到底,还是运气在起作用。运气和彩票一样,本来都是不靠谱的,可遇不可求。谁都想名扬天下,谁都想一炮而红,像我这样,已经写了三十多年,仍然还不能靠一本书吃喝一辈子。网上关于我有个评论很好,说这家伙不温不火,大奖基本上跟他无缘,因为不温不火,就只能一直老老实实地写下去。这个评论很好,评到了点子上,点中了要害。我不得不承认自己始终处于不温不火的困惑之中,时至今日,虽然混到已经可以跑到讲台上来对年轻人胡说八道,我仍然保持着一种很沮丧的"屌丝"心情。这么说绝对不是矫情,你们知道很多头衔都是假的,现如今,一说到什么著名作家,大家都会窃笑,因为只要是个作家,基本上都著名,还有作协的主席副主席,有名有姓的几乎都是。

困学对于我们来说是很正常的事情,一个热爱写作的人,一个喜欢做学问的人,如果感受不到这个"困"字,如果没有走投无路的迷惑，没有写不出来的痛苦，并不一定是件好事。走上文坛的道路注定了艰辛，起码对于大多数人来说都是这样。一句话，困学不一定是成功的必要途径，而成仁却往往会是最后结果。

我很愿意与大家一起分享自己刚走上文坛时的一些经历，有些故事今天说起来很轻松，有点像老红军回忆爬雪山过草地，很容易让人产生误会，感觉是在卖弄，有一点小人得志。我想在座的诸位，一定会有过被退稿的感受，当我们兴致勃勃地将一篇已经完成的稿子投递出去，我们以为自己的文章写得很不错，结果呢，结果就是石沉大海，你等呀等呀，像痴汉等老婆一样地等候着那个女人出现。终于有了一种很不祥的预感，你在猜想，编辑可能不喜欢这篇稿子，领导可能不愿意签字，反正到最后，这篇稿子因为这样那样的理由，被退了回来。

刚开始写作那些年，很多稿子被冷漠地盖了一个公章退回来了。我是个没有收藏习惯的人，有时候就想，如果这些退稿信都保留下来，其实也挺有意思。有些退稿信很长，是年轻的编辑写的，表达了自己的一份无奈，撇清了关系,强调是领导不喜欢才退稿。在开始写作的那些年,我手上大约有三十万字这样的小说,有时候,觉得很充实,因为一下子寄出去了十篇小说,分布东西南北各个方向,东方不亮西方亮,总会有一篇小说交上好运。然而事实却是,当你运气很糟糕的时候,那些寄出去的小说,最后像放飞的鸽子一样,一只接一只地又飞了回来。

差不多有五年时间,都是在这种退稿的伴随下坚持写作。我在心里骂过娘,沮丧过,但是总算坚持下来了。所以能够坚持,不是觉得最后一定会成功,而是因为写作,因为不断地写,渐渐地喜欢上了写作。我喜欢这种能够不断地写下去的生活状态,每天能够写一些,这种日子让人感到非常知足。很多人都不相信我有这样的经历,在他们心里,这家伙不过是个文二代文三代,是个有背景的人。直到现在,网上还会有这样的文字,认为我是依靠家庭背景才混出来,认为这家伙没有什么真才实学。

我从来都不是个信心十足的人,即使到了现在,还是不太相信读者已真正接受了我。阅读早已经变得越来越不重要,我知道,我们辛辛苦苦写出了小说,编了一个个自以为动人的故事,其实根本没什么人在看。我甚至相信,坐在下面的你们，对我的作品也是所知甚少。毫无疑问，我已经写了一大堆东西，吹嘘说著作等身也未必有什么大错，如果真要给自己定位，也就是个日积月累写了一大堆东西的人。我的人生意义是什么呢，没什么可以值得炫耀，除了那些用文字固定起来未必真有人看的文章，其他的都微不足道。百无一用是书生，这就是我。

因此，今天不跟你们谈什么成功，我要说的是成仁。什么叫"成仁"呢？最早知道这个词是小时候看电影，电影中坏人走投无路时的一句台词，用气急败坏的口气喊着："不成功便成仁。"小孩子不懂什么叫"成仁"，因为是从坏人的嘴里吐出来的，狗嘴里吐不出象牙，因此一直认定它不会是什么好东西，后来才知道"成仁"是一种壮举。在现实生活中，人生的价值往往通过成功来体现，成功学是最好的心灵鸡汤，但是在今天，我更想告诉大家的是，成仁比成功更有意义，享受写作要比享受写作的成功更美好，成功是不可控的，我们所能把握的只是成仁。

文学上的成仁是什么呢？是明知其不可为而硬为，是放弃成功的希望，是丢掉这样那样的幻想。成仁可不是什么狗急跳墙，成仁是一件很从容的事情。所谓困学，就是置于死地而后生，大家不妨想象一下自己的前景，不要说成为托尔斯泰的际遇几乎为零，在当下的文学环境，靠写作能不能养活自己都是个大问题。眼下稿费稍稍涨了一些，就是按照目前这样的标准，写小说，尤其是写专家和评论家们所认定的纯小说，就算不考虑是否能够发表，就算你们写一篇能发表一篇，就算你们每个月都能发表一个短篇小说，仍然不足以维持最基本的生活。

事已如此，残酷的文学现实就是这样，我觉得不能再用励志的办法来鼓励年轻人写作。我希望大家都能够意识到，我们之所以选择，不是因为文学伟大，不是因为文学能够改变世道人心，不是因为文学需要我们，而是我们更需要文学。这个世界上，永远都会有一些喜欢阅读和喜欢写作的人，我们恰恰就是这些人中的一部分。就像唐朝的那些诗人一样，他们写诗，只是愿意写，只是想写。在伟大的唐朝，并没有稿费，并没有文学的这奖那奖，并没有专业和职业作家，很多今天说起来很著名的诗人，譬如李白和杜甫，都是非常渺小的人物，都是不折不扣的"屌丝"，常常连饭都吃不饱。

因此，我真心希望大家能放下身段，轻装上阵，文学披挂着光环的时代早已一去不返。如果我们不能享受文学的困局，不能忍受文学的冷漠，忍受被忽视，最好的办法就是远离文学而去。

什么叫享受文学的困局呢？简要地说，就是充分享受写作的过程。结果不重要，唯一重要的是想写和能写。对于一个热爱写作的人来说，光是想，不能去货真价实地去写是悲哀的。文学光靠想不行，全凭嘴皮子去说也不行，一个作家除了写别无出路。毕竟写了能不能发表已经不再像过去了，现在有网络，有博客，和我当年的无处发表不一样，你们显然已经有了更好的机会。

最后想说一个小故事，我上大学的时候，老师跟我讲过，一个研究古代汉语的人如何去做学问。他受命去编汉语大字典，为一些词语问题作解释。这个事情说不难也不难，要说难确实真的难。譬如他要为"手心"这个词作注解。我们知道，如果有图像，这个解释太容易了，可是要用文字表达，要用最简短的文字来注释，这个并不容易。我的老师为了"手心"想了很久，黔驴技穷，最后忽然有了想法，写下了这么一句：

> 手指弯曲时触摸的位置。

很多人对这样的做学问不以为然，认为这根本不算大学问。然而我觉得这个就是学问，什么叫学问，学问学问，是要学会问。人有困惑，然后才能提出疑问，有了疑问，才会去寻找问题答案。大问题小问题都是问题，文学就是傻乎乎地去解决自己认为是问题的问题。

世界上有很多美好的事，而我们恰巧属于那些喜欢文学的人。喜欢文学是一种缘分，人生的最高境界莫过于喜欢，正因为如此，玩文学就很可能变得非常严肃。世界上有很多美好的东西可以把玩，我们偏偏选中了文学，既然已选中，已经一见钟情，那么只能希望你们慎重一些，希望你们能从容地面对，希望你们能够舍身成仁。

二〇一四年十二月六日

赴杭州途中

率真未必尽善①

同学们好,各位老师和领导,你们好。每次到大学来参加讲座,都有些忐忑不安,既高兴,又害怕。高兴是喜欢这里的气氛,我觉得大学环境非常适合我这样的人。为什么这么说呢,因为大学是个相对好一点的避风港。有人形容今天这个社会,说眼下的现状就是:无论你什么人,无论你当官的还是老百姓,有钱或者没钱,混得好混得不好,都会感到非常失望,感到非常不满意。这是个普遍情绪,也可以看作当下的最大失败,一个社会,说起来还是盛世,到处欣欣向荣,为什么会有这样让人忧心忡忡的现

---

① 本文是"思想改变世界"论坛上的讲稿。

实,我说不清楚。

然而学校毕竟是个相对好的地方,我知道这里也会有很多问题,学术场所正在变成官场,做学问越来越不像话,凡事都有相对,天下乌鸦一般黑,相对起来,学校还是要好得多。为什么呢,为什么要这样说,因为这里有着太多学子,有着太多想获得知识的年轻人,人们在这里期许着未来。不管怎么说,年轻总是好的,年轻起码意味着你们还没有完全学坏。我喜欢学校里的青春气息,喜欢那种简单的读书求学氛围。万般皆下品,唯有读书高,如果不是用功利的眼光来看待这句俗语,我觉得它绝对是对的,天底下还有什么比读书更快乐更省心的事呢。

为什么又有些害怕呢,这是因为学校除了让人想到求学,想到读书,也让我想到考试。我是个对考试深恶痛绝的人,一想到在学校里还要考试,就忍不住要产生一种逃学的冲动。说起来,我也是考试制度的得益者,我知道,虽然我是那么讨厌它,可是没有高考,也就没有今天。我常常会对别人说,自己人生中最重要的一步,就是有幸考取大学,考上大学是我人生最大的幸福。如果你们也有过像我一样的经历,中学毕业以后,当了工人,没有大学可以考，成天和机器打交道，然后突然有一天，高考恢复了，终于获得了学习机会，你们就会明白上大学对我来说，是多么快乐的一件事。

必须强调一点，我并不是说当工人就怎么不好，就怎么委屈，想说的只是我非常地想读书，喜欢读书，而进入大学，意味着你能做自己想做的事情。我们还是赶快回到害怕考试上，考试是个让人又爱又恨的东西，因为考试，你获得了进大学的机会，同样是因为考试，又让你感到在大学里很不自在。我不知道今天大学的考试是怎么回事，反正我读大学的时候，对付考试就像对付天敌一样。

在大学里没有什么比无聊考试更糟糕的，越是糟糕的老师，越是糟糕的课程，就越会把考试当回事。拿着鸡毛当令箭，前些时候，有人在政协会上提出要取消研究生入学考试中的政治测试，很多人表示赞同，有人很认真地问我赞同不赞同，我说我不赞同。问的人很吃惊，他想不明白一个一贯讲自由的作家，一个不喜欢考试的人，竟然赞成考研要考政治。他很气愤，说现在最激进的观点，是连外语都不应该考，你却还赞成要考政治。

他不知道我说的是气话，按照我的想法，最好什么都不要考。因为今天的考研，不只是政治，不只是外语，包括那些所谓专业课，胡扯的地方实在太多，它们之间的关系，也就是五十步和一百步。庆父不死，鲁难未已，考试一旦成为目的，手段也顺理成章地演变成结果。好吧，这个话题今天不说了，我在澎湃网上有专栏文章，有一篇两千字的文章专谈研究生应该怎么去考，如果你们有兴趣，可以上网搜一下，今天在这就不说了，离题太远。

很多年以前，在苏州大学跟同学们聊天，说大学生活其实很简单，年轻的学生们只要做好两件事就行了，第一个是把学问做好，第二个是把爱情做好。说老实话，你们在大学里也没什么大不了的事可以干，能把这两件事做好已经很不错了。我说的学问和爱情都不是大不了的事，当然，也可能我和别人的说法不太一样，我说的学问是你们要学会问，学问学问，不是说你们吞下了多少本书，肚子里有多少墨水，拿到了什么样的学位，而是你们要学会问，学问学问，就是学会问，学会了问终生受用，学不好这个问一辈子害人害己。

把爱情做好的道理跟做学问一样，青春是美好的，在美好的岁月里,你们更应该把爱情这道大餐做好。当然,这个也不用我来教你们,现在的孩子有很多从初中开始就已经很有经验,如果要说起泡妞,把妹,调戏帅哥,坐在下面的诸位恐怕有很多早就是高手。我作为一个过气的上岁数的人,想跟你们说的,是你们不仅要琢磨如何获得爱,如何猎取爱情,更重要的是学会付出爱。爱不仅仅是得到,更重要的是能付出。你们都属于独生子女一代,这一代人,不缺乏爱,很轻易地已经得到太多爱,你们早就习惯了别人给你们爱。现在,到了大学,你们应该要习惯给别人一些爱。什么意思呢,意思就是说你们在学校要学会爱,要学会去爱别人,爱所有的人,兼爱同学,兼爱老师。爱情不仅仅是让别人爱你,不是说有个男孩追你,有个女孩为你睡不着觉,更重要的还是你们得有爱别人的心,我希望你们爱情圆满,找到心仪的爱人,希望你们的心灵被爱所填满。当然,我更希望你们不仅仅是得到,更希望你们能够付出。

人生总是有很多不同的境界,境界不同,生活态度也就不同。我想这个世界上,关于学问,永远都会有两种人,一种人喜欢问别人，一种人喜欢问自己。前一种态度的人生是快乐的，简单的，因为他总是在向别人追问，总是和别人过不去，他总是轻而易举地把别人给问糊涂了。追问别人常常会有一种自以为是的深刻："人生难道应该是这样吗？""我们吃饭仅仅是为了活着吗？"有一位叫阿多诺的高人曾经这样宣布："奥斯维辛之后，写诗是野蛮的。"他的中国追随者也喜欢这样追问："社会上有这么丑恶的现象，作为一个作家，你还在心平气和地写作，难道就不觉得羞耻吗？"牛人都喜欢用这样的反问句责难别人，就像老师居高临下地考学生一样，动不动扯出个题目，结果便活生生地把别人问傻了，考蒙了。

以己之长克敌所短，这是典型的中国人智慧。美国总统罗斯福不会跟巴顿将军谈《乱世佳人》，当然人家巴顿将军也不屑谈这个，他只要把仗打好就行，他只精通打仗这门学问，得不得奥斯卡奖跟他没关系。中国当代也有个能打仗的将军，叫许世友，"文化大革命"中，他是我所在的江苏省最高领导人。这是一位标准的武夫，让他管理一个省真是天知道。在"文革"中，让许世友最为难的恐怕还不是如何管理一个省，而是要他硬着头皮去读《红楼梦》。

《红楼梦》在"文革"中变成了一本神书,毛主席他老人家有个批示,让许世友要读懂《红楼梦》,为什么呢,因为毛主席认为贾宝玉是一个革命者,认为《红楼梦》是一本阶级斗争的教科书。结果怎么样,结果就是许世友一边喝茅台,一边在枕头边搁一本《红楼梦》,还没读就睡着了。

有一种深刻叫假装深刻,我总是提醒自己,永远都不要去做那种假装深刻的人。己所不欲,勿施于人,我觉得自己永远都是个学生,始终都要保持着一种谦虚的学生心态。事实上,我的人生总是在害怕自己会出错,总是在被考试,有能耐的人考别人,没能耐的被别人考。我显然是个没有太多信心的人,高大上与我没任何关系,我不习惯用问题去为难别人,更愿意做的事情是为难自己。常常要追问自己,会信心不足,会想到在这样的一个场合,面对那些想从你这里得到教诲的学子,我这么信口开河对吗,别人能不能理解?结果就是自己把自己问傻了,自己把自己给带到了坑里,深陷在问题的沼泽地里出不来。

"思想改变世界"是这次论坛的主题,是你们学校进行系列活动的一个口号,我却把它当作了一个考试题目。自从答应这个讲座以后，我一直在思考思想能否改变世界，说老实话，这个问题真把人给带到了陷阱里，很有些自作自受的意思。题目也是我自选的，你们的杨扬老师让我过来随便说什么，谈谈小说也行，谈谈写作甘苦也行。杨扬老师很厚道，不考我，可是我很傻很天真，心里就想，怎么能随便呢，必须得有个题目。后来又有主办者跟我联系，谈到了"思想改变世界"这个标题，于是我就随口回答，好吧，我们就谈谈这个思想能够改变世界。

这个就是做人不够慎重的报应，当时也就是随口一说，真定下来，才发现这个题目还真说不清楚。首先这题目太正面，太励志，太心灵鸡汤，也用不着我来回答，更不需要我来解释。思想能改变世界吗？当然能，根本用不着多说。打个最不恰当的比方，思想如果不能改变世界，那么今天这个世界称王称霸的就不是人类，应该是狮子和老虎。为什么呢，因为人类之所以厉害，就是会思想，单凭打架斗狠，人类根本不是那些野兽的对手。

因此只能换个角度谈，说些与别人可能不一样的话。我想起小时候看露天电影，草地上扯一块大白布，天黑了，来了很多人，都盯着那块白布张望。我是个有点好奇心的孩子，常常会跑到银幕的反面去研究倒影。现实生活中也是这样，遇到一个问题有些棘手，有些门槛过不去了，我便绕些道走点弯路，换个角度重新思考。

我想到了王小波的一个故事，这个故事与驴子有关。"文化大革命"中，大批知识青年都到农村去了，当时是响应伟大领袖毛主席的号召，大家高高兴兴地都去了，毫不犹豫。今天再谈到这个话题，总是说可惜了，一代年轻人的青春都浪费了，可是在当年，大家都觉得这样很好，这个想法很对。很多文化人都觉得这个创意很伟大，是一个了不得的创新，让有知识的年轻人到农村去，用知识改变农村的落后面貌，怎么说都很正确。我的岁数不够大，如果年龄赶上了，我肯定也会下乡，因为我父母绝不会反对，他们绝对认为这是一件利国利民的大好事。

王小波他们也是这么想的，一腔热血下乡去，吃苦耐劳，无怨无悔地干最重最脏的活。他们到了一个山区，去之前，很多苦活都是驴子干的，譬如驮东西上山，譬如犁地。年轻人不怕吃苦，本该是驴子干的活都承包了，结果当地农民就把驴给杀了，吃了，因为驴子似乎也没什么用了。这听上去很合乎情理，王小波他们任劳任怨，也没觉得什么不合适，可是有一天终于发现不对了，出大事了，他们是来改变这个落后的世界，临了却发现自己被改变了，被落后的世界改造了，他们变成了驴子。

王小波的例子充分说明，一方面，思想确实可以改变世界，另一方面，世界也可以改变思想。思想的力量巨大，世界的力量同样巨大，谁胜谁负并没有一定。这样的例子还可以举出很多，现实就是现实，良好的愿望不一定会有好结果，为天真付出的代价有时候会非常大。画饼永远不能充饥，想当然往往是没有什么用的。

说完了王小波，不妨再说说李敖。据说现在的年轻人已不太喜欢他，不管你们喜欢不喜欢，我说一个他过去的故事。

很多年以前，台湾很不民主的年代，思想反叛的李敖吃饭成了问题。人是铁饭是钢，没饭吃就活不下去。一个朋友便让他改学生作文，一改就是一大堆。这一大堆的学生作文中充斥着陈词滥调，因为批改这些烂作文，李敖感到了暗无天日，感到了人生的无趣。写作本应该是很快乐的一件事，可到了学生手里，变成毫无趣味的作文，整个世界都变得无聊起来。李敖就想,这样的人生还有什么意义呢,如果天天都是和这种作文打交道,活着也没有意思。

我自己也有过相似的一段经历,二十世纪八十年代,文学最火爆的日子里,我曾经在一家文学院兼差,帮文学青年改小说改散文。那段日子还在读研究生,兼这份差事的目的,无非是为女儿挣一份牛奶钱。记得当时每回一封信,可以得到两毛五分钱。这些回信让我痛不欲生,倒不是说这些回信太廉价,而是真的不明白这些年轻人为什么非要写作。他们的文字中没有一点点快乐,甚至没有一点点文学。在那个文学发烧的时代,社会上到处充斥着莫名其妙的文字,都在编故事说社会问题,说伤痕,好像是说了一些什么,其实什么也没说。目的却非常明确,很多人写作,不是热爱文学,不是有什么话非要说,只是希望能够发表一点文字,能够用发表的文字改变自己的命运。农民希望通过写作进城,工人希望通过写作离开工厂。

为什么在"思想改变世界"的论坛上,我会想到上面两个故事呢?为什么学生的作文会那么差劲,为什么二十世纪八十年代文学热时期,小说会写得那么惨不忍睹?我觉得其中很主要的一个原因,是大家的心思其实都不在怎么写上面，本质上都是不想写，都不愿意写，又不能不写。只不过是因为老师布置了，或者是因为写了可能会有什么样的好处，获得什么样的利益，结果就勉为其难勉强为之。我们都知道，一件事情大家都认真去做，未必能做好，要是不认真，一定做不好。

那么还有没有写不好的更重要原因呢，我想当然也是有的，这个恐怕就要让"流行的文化"来承担责任。什么叫流行的文化呢，说白了，就是那些流行一时的口号。在写得非常难看的那些文章中，常常最不缺的就是流行口号，不妨看看过去一百多年里流行的口号。先说晚清，晚清曾流行的一句口号叫"军国民"，这口号早变得陌生了，在当时非常著名非常励志。什么叫军国民呢，就是全民皆兵，就是先军政治，理由是我们因为落后挨打，要强大就必须走军国主义的道路。两个原因使得这句风行的口号在后来变得毫无意义，一是甲午之战，我们被人家打得鼻青脸肿，正所谓"欲御侮而适以召侮"。二是德国日本的军国主义臭名昭著，没人再好意思提起，"军国"已经变成了十足的贬义词。军国民的思想影响过一代人，虽然已经过去很多年，这种潜在的影响，仍然有可能沉渣再起，死尸还魂。我知道在座的有历史系同学，辛亥革命以后，中国军阀混战内乱不断，与当时一代年轻人受军国民思想的教育有什么样的关系，这个恐怕很值得你们去研究一下。

话扯得有些远，还是回到到文化上来，回到学生的作文上。我们知道一个时期的文化，一个时期的流行口号，最容易出现在学生的作文中。所谓学生腔，烂作文的价值观，一定是包含着流行文化和时髦口号。自晚清以来，口号的神奇作用从未停止，只要有口号存在，天真就会有用武之地。口号既可能是个空洞，更可能是个黑洞。不管在什么时候，冠冕堂皇的口号总是在影响和左右学生。口号往往可以代替思想，譬如"五四"时期的"科学和民主"，譬如大革命时期的"国民革命"，譬如国民政府时期的"新生活运动"，譬如后来"文化大革命就是好"，又譬如我们记忆犹新的"五讲四美"，口号的作用无所不在，口号的影响随处可见。

在新完成的一部长篇小说中，我写到了汪伪时期的小学生作文，那时候的学生腔就是跟着汪精卫空喊"反共才能救国，救国必须反共"。作为一个大汉奸，臭名昭著的汪精卫永世不得翻身，可是在沦陷时期，南京中小学生绝对不会想到未来会怎么样，他们写作文就是写作文，就是老师交待的一篇文章，写了也就写了，写了就算完事，只不过是一门不得不完成的作业。大多数孩子不一定喜欢作文，小和尚念经，有口无心，这种心态与大家平时空喊喊口号差不多，喊了也就喊了。我在此无意讨论一个口号的正确与否，对学生来说，对错有时候并不重要，事实上，任何一个时代，历朝历代都这样，空洞的口号总是难免。

我想说的是，可怕的从来都不是什么口号，而是口号有可能会被误认为思想。钱锺书先生在《写在人生边上》这本散文集里留下了一段很有趣的文字：

> 捏造派根本否认在文艺欣赏时，有什么价值的鉴别。配他老人家脾胃的就算好的，否则都是糟的。文盲是价值盲的一种，在这里表现得更清楚。有一位时髦贵妇对大画家威斯娄(Whistler)说："我不知道什么是好东西，我只知道我喜欢什么东西。"威斯娄鞠躬敬答："亲爱的太太，在这一点上太太所见和野兽相同。"

这一段文字其实是在提醒我们，无知有时候是不可避免的，无知并不可怕，可怕的是无知会变得理直气壮，一旦把无知当作有思想，这就变得可怕了。为什么无知的人更容易自以为是，其中很重要的一个原因，就是被空洞的口号所影响，被夸夸其谈的口号所鼓舞。口号有时候会成为思想的代名词，我们经常会说，一语天然万古新，只要是自然的就是好的。古来万事贵天生，清水出芙蓉，天然去雕饰。这些至理名言会让无知的人产生错觉，以为什么也不用学习，什么也不用训练，完全是依靠本能，就可以在艺术的江湖上厮混，就可以在文坛的圈子里胡说八道。不学无术常常是有原因，没有那么多天生，也没有那么多自然而然。现实根本不是那样想当然，好比作文课上老师对学生说，只要把你们的心里话写出来就行了，怎么想就怎么写就行了，他们不知道孩子们根本不知道什么叫心里话，不知道孩子们根本没在想。

不只是学生，很多时候，老师也不知道什么叫心里话，他也不知道自己在想什么，究竟还是不是在想。一味率真，结果也就只剩下了率真。我们应该明白，学生作文写不好，跟老师肯定有直接关系。事实上，我们都知道，许多老师自己就写不好作文。问题在于，他们已经是老师，已经可以给别人出题目写作文，于是便误认为自己天生会写作，把自己根本写不好作文这事给忘了。我们处在学生阶段时，还有可能是虚心的，会小心翼翼，一旦成为老师，一旦为人师表，就很可能忘乎所以，仿佛那位自以为是的法国贵妇，无论她是多么时髦，无论喊出来的口号有多么响亮，跟文盲没有任何区别。

我经常有机会与一些名校的语文老师打交道，经常有机会接触当下的中学生作文，不时地会谈到一个话题，这就是为什么学生的作文越写越差。小学生写得比初中生好，初中生写得比高中生好，为什么呢，为什么会这样，为什么？并不是把所有问题都推到高考身上就能一了了之，不止一位老师跟我说过，说今天的中学生都没有思想，因为没什么思想，所以写不出深刻文章，或者说写不出有深度的文字。深刻和深度是许多语文老师的口头禅，他们经常要给我举的一个例子就是，语文教材中鲁迅的文章减少了，这意味着什么呢，意味着编教材的人也在放弃思想性，放弃了鲁迅式的批判，放弃了人文的坚守。在与学生进行对话时，我听到了几乎一模一样的发言。

中国是个有着悠久儒学传统的国度，代圣人立言是世代相传的学风。即使"文化大革命",即使在那样一个最没有文化最没有思想的年代,分析文章仍然是要强调主题,强调中心思想。当年我在学校读书,最大困惑就是始终搞不明白什么是中心思想,因此,只要有机会,我总是喜欢跟学校的老师和同学直截了当地说,写作最基础的其实只是一种写作能力,在校期间,老师教,学生学,说到底就是要挖掘和发挥这种写作能力。写作能力比中心思想重要得多,不仅是作家要具备,也是每一个接受过教育的人都必须具备,我们并不是为了未来要当作家才学习写作。

就像是学外语学古文一样,写作也是要训练的。沈从文先生曾经说过,一个人只要努力去写,最后能写好很正常,写不好才不正常。这说明什么呢,说明了训练的重要,为什么今天大多数人都不会写古诗,很重要的原因是缺乏训练,没有人天生会写,人生没有捷径,少壮不努力,老大徒伤悲,不会就是不会,不能就是不能。因此,在今天这个"思想改变世界"的论坛上,我更想强调行动的重要。光说不练永远都是个假把式,写多了,你们就明白了,写多了,很多问题就不是问题。知难行易,写作能力只有通过努力去写,才能最后锻炼出来,不只是写作,你们生活中遇到的很多难题，都只有脚踏实地去做，才能够真正解决。

"思想改变世界"这句话太大，太遥远，它很可能永远都是口号。因为时间关系，今天我想对你们说的，想强调的，是先去改变自己，让口号首先落实到自己身上。毕竟，只有改变了我们自己，才有可能最后去改变世界。

二〇一五年五月六日

只管去读[1]

南京老崔茶馆的老崔打电话过来,让我去扬州做一次演讲,给工厂的工友们谈谈读书。老崔是我朋友,也是南京的文化名人,最喜欢组织一些读书交流活动。他知道我最害怕演讲,说你随便跟大家聊聊,聊聊读书,聊聊过去的经历,放开来讲,说什么都行。他知道我当过工人,说你也可以说说过去工厂里的生活,这个一定很有意思。

老崔一番话让人打消了顾虑,或者说,引起了我可以说几句的兴致。为什么呢,因为过去这一段时期,或许与

---

[1] 本文是作者在扬州与工人谈读书时的演讲。

正准备要写的小说有关,我一直都在回忆自己当工人的那段经历。时间过得真快,一转眼,四十多年过去了。回忆这段历史,总会感到很亲切,虽然只是当了四年工人,但在个人成长历程中,它确实有着非常特殊的意义。

于是按照对方要求,先草拟了一个讲话提纲,题目是"阅读和人生",大致准备要说三个意思:

1. 我当工人时的阅读生活;
2. 读书的有趣和意义;
3. 从李叔同的"放下"这两个字说说阅读和人生的关系,说说陶渊明的"好读书,不求甚解"。

当工人是四十年前,"文化大革命"后期,那年头,能够成为一名工人,是非常不错的选择。经常会有人提问,问家庭对我成为一个作家的影响,我总是回答说没影响。这是一句非常坦白的大实话,并不想掩盖什么,祖父和父亲从来没有过要培养我当作家的意思。在他们眼里,那个时代的作家太糟糕了,根本写不出像样的东西。我如何成为一名作家是个说不清楚的话题,既与家庭的培养没有关系，也和当工人的经历毫不相干。这个话题曾经写过文章，今天主要是谈读书，我先不说它。

我当工人时读过一些什么书呢，除了文学书籍之外，今天说起来也许很有意思，记得当时读了很多与摄影有关的书籍，那年头，我特别喜欢摄影，如果说上班之外，自己还有什么爱好，就是拍摄一些人物肖像。一九七六年的九月九日，一位师傅让我为他的儿子拍照，是不是他儿子生日已记不清，反正是个休息日。为了避免用电高峰，各城区的工厂被安排在不同日子休息，我所在的雨花区是星期四轮休。那天正在公园拍照，广播里不停地在预告，说是会有重要新闻，然后就突然响起了沉重的哀乐，伟大领袖毛主席他老人家归天了。

这是中国历史上最重要的一天，翻天覆地，我个人的阅读史也有意无意地开始发生变化。我的兴趣突然改变了，从此再也没有翻过任何与摄影有关的书籍。记得那段日子心情特别不好，厂办的工人大学将我拒绝在了门外，当时流行"七二一工人大学"，专门请了大学老师到工厂里来给青年工人上课。我所在的工厂虽然只有三百多号人，也赶时髦办了这么一个班。当时我很兴奋，非常激动地报名，还越俎代庖地为一位不愿意参加学习的哥们报了名,结果我自己被排除在录取名单之外,理由是这个人眼睛不好,不适合读书,这是个根本站不住脚的理由。

那一年我十九岁,正是最想读书的年纪。学什么无所谓,就是想读书,非常想读。负责此事的工会主席很轻易地剥夺了我的学习权利,原因只是他不停地让我们家为他妻子弄药,有了一次,又有过一次,一而再,再而三,基本上属于变相敲竹杠。我父母不胜其烦,最后拒绝了,他因此怀恨在心,借机报复。这件事让人非常郁闷,我那位哥们也觉得这事很荒唐,开玩笑说他明明不想上这个什么大学,非要为他报名,现在好了,不想上的,反而要去上课,你这个想读书的人,却不能去。说老实话,当时看着与自己差不多的年轻人在上班时间去上课了,你还得老老实实地留在车间里与机器打交道,那个滋味真不好受,可事情已经这样,你又能怎么办呢?

上班时间不让读书,我只好去读夜校。那时候报夜校都是免费的,我报了两个班,一是机械制图,一个是微积分。现在想想,这两门功课对后来的人生,似乎没一点用处。一个人最后能够成为作家,自然是有许多原因,可以说他过去所经历的生活都有用处，他读过的每一本书，都会对他有帮助，但是我若因此就宣称，自己成为一名作家，是因为在青年时代读了许多与摄影有关的书籍，因为在夜校里学过机械制图和微积分，那么显然是在骗大家。

当然，那期间我还读过许多文学书。简单的事实真相就是：无论文学名著，还是摄影书籍，还是夜校的机械制图和微积分，都不可能是我成为作家的直接原因。很多人都读过世界文学名著，也有很多人喜欢摄影，上过夜校，一个人绝不会因为一个简单故事，一些特殊事件，就成为作家。成为作家的原因可能是很复杂的，就我而言，起码摄影书籍和机械制图、微积分并没有耽误自己的前程。

也不是说我喜欢当工人，老实说，如果今天让我重新选择，我肯定不会再去工厂。不是说工厂有什么不好，当工人有什么不对，而是我更喜欢写作这个行当。我曾经是个相当不错的钳工，可是我更喜欢写作。一个人总是更乐意干自己喜欢干的事情，今天有机会跟大家讲讲自己当工人的经历，最想表达的意思是，只要我们愿意，无论你在怎么样的环境，想读书的愿望别人阻止不了。阅读是自由的，读什么书都可以，关键是我们能不能读，喜欢不喜欢读。任何时候，剥夺人的阅读权利都是不对的，同样道理，一个人想阅读的决心，也不是别人轻易就可以剥夺。

回忆自己的阅读生涯，我这一生中，最值得夸耀的，就是大多数时间都没有刻意在读什么必读书。除了应付考试，都是随性而为，想读什么读什么。我读中学时，高考取消了，大家读书很轻松。后来恢复高考，考大学，考研究生，虽然考上了，真正的原因还是临时抱佛脚，靠吃苦和熬夜，靠运气。如果说没用，那些用来应付考试的玩意，才是真正没有用的东西，不仅没用，还把人脑袋给搅糊涂。我是真正地痛恨考试，因为有这样那样的考试，所谓必读书就会应运而生。我当工人的时候，最大的好处是没有什么必读书，也没有那些可以用来启迪人生的心灵鸡汤，没有了这些玩意，我们的阅读便会很自由。

这就牵涉到我想说的第二个话题，那就是读书的有趣和意义。很显然，我年轻时代阅读摄影书籍，肯定是因为有趣，从来没人让你一定要读，完全是个人爱好。学习机械制图和微积分，说不上是特别爱好，但是同样没人要求你去学，甚至连暗示都没有。现在回想起来，很自然，有心种花花不开，无意插柳柳成荫。很多事都是勉强不得，我的伯父一直教育我，说读书这件事，跟学雷锋一样，千万不要去号召。他的意思就是，你想读什么书，就去老老实实地读什么书，用不着号召别人也去读。号召通常都是大人物的事情，是一种天生要当领导指挥别人的心态。我们必须要有一些普通小老百姓的平常心，不要去管人家读不读书，不要去管人家学不学雷锋，而是要不断地扪心自问，我自己读不读书，我自己学不学雷锋。

现实生活中往往这样，有人总是习惯于号召，习惯于耍嘴皮子，自己高高在上，站在道德的制高点上，号召别人这样，号召别人那样。现实生活中，那些号召别人读书的人，自己常常不读书。明白了这一点，我们便可以释怀，便可以有些自信，犯不着再听别人对我们指手画脚。读书从来也应该只是我们自己的事情，书中自有黄金屋，书中自有颜如玉，这些听起来似乎还不错，似乎还有些道理的陈腔滥调，其实不过是在用俗不可耐的利益引诱大家。利益诱惑容易有效，也容易失效，人们可能为了什么去读书，也可能为得不到什么而不读书。因此，我们究竟为什么要去读书，是因为有趣和好玩，还是因为有功利之心，有虚拟的黄金屋和颜如玉，这个问题有时候真不妨好好讨论

121

一番。

我已经在很多场合表示了读书的无用，没有什么黄金屋，没有那么多颜如玉，读书如果没有乐趣，如果不觉得好玩，不能享受阅读的乐趣，不能投入其中地去玩味，我们很可能什么都得不到。用世俗的眼光去考量，今天确实有很多人是成功的，当了官，赚了钱，泡到了美妞，然而成功并不代表他们喜欢读书，并不代表成功人士是因为读了书，才有了与之相对应的收获。不读书的人做了大官小官，不读书的人赚了大钱小钱，不读书的人把美女骗回家，这些往往是生活中的常态，而所谓的读书人更多时候属于失意者，属于并不成功人士。无聊才读书，人生不得意才读书。官场失意，情场失意，商场失意，何以解忧呢，读书吧，读书可以是安慰剂，它是解忧的美酒，它是排除烦恼的药丸。

因此犯不着用是否有用来衡量该不该读书，李叔同先生的字很漂亮，我最喜欢他写的"放下"这两个字。在我的案头并没有座右铭，如果要有，就准备要用这两个字来警醒自己。什么叫"放下"，放下就是不要再去考虑自己为什么要读书，不要去考虑应该读什么书。这个世界上从来就没有什

弘一沙门演音书 放下

么必读书，读书不过是一种缘分，你碰巧遇到了一本好书，你喜欢它，你读得津津有味，读得忘却了人生的烦恼，能有这样的机会很不容易，你千万要珍惜这种缘分。

我已经在多种场合说过，古人说的"听君一席话，胜读十年书"，重点只是后面半句。要读了十年书，才可能听君一席话，前面只是客气话，表扬别人，其实是在暗暗赞扬自己。因为只有读过十年书的人，才可能听明白别人的一席话。不是别人说得好，是你的知识积累已经足够，否则再好的一席话，也是对牛弹琴。陶渊明的《五柳先生传》是一篇谈阅读和写作的好文章，说到一个人读书应该要有的境界，就是"不求甚解"，什么叫不求甚解呢，就是不要钻牛角尖，不要做书呆子。当然，在不求甚解前面和后面的话更重要，前面是"好读书"，什么叫"好"，就是喜欢，不喜欢读什么书都没意思，不喜欢读什么都是味同嚼蜡。

后面又是什么呢，是"每有会意，便欣然忘食"，关键是一个"会意"，有了会意，吃不吃饭都不重要。这才是读书最高的境界，这是读书的最好结果，读书能读到这个份上，能够会心一笑，能够欣然忘食，还有什么能与之相媲美呢。

人生不得意十有八九，"转益多师无别语，心胸万古拓须开"。关于读书真没啥道理可言，多说了难免蒙人，多说的人往往欺世盗名。今天我要说的很简单，其实就是一个字，一个字足以包含，就是"读"。快乐地去读书，读什么都可以，不要相信别人，要相信自己，要让心灵自由一点，想读什么就去读什么，要自得其乐。真要是不想读，不愿意读书，就不读，就干脆放弃，不读书也没什么大不了。读书改变不了残酷的现实，不读书不能升官发财，读了书也同样不能。好书就像一道佳肴，吃它不仅仅是为了营养，为了活命，它的美味，必须要亲自品尝了才能有体会，你不去吃，不自己动动筷子，不让我们的舌尖去接触它，在嘴馋的老饕心中，在我这种喜欢读书的人眼里，多少会有那么点可惜，多少会有那么点遗憾。

二〇一六年九月七日 扬州

活成一首诗

一

中华书局出版朱东润先生主编的《中国历代文学作品选》,是高校文科教材中很有影响的一套书。读大学期间,上"古代文学史"课,我不是逃课,就是坐课堂里自顾自地阅读。朱先生主编的这套作品选有好多卷,每本都十分厚重,记得自己曾对有关李贺的记录很不满意,那段文字的大意,说李贺生活孤独,性情冷僻,对广阔的现实生活缺乏了解和感受,而当时的社会非常黑暗和混乱,因此其诗带有阴暗低沉的消极情调。作品选虽然是"文化大革命"

前出版，限定在高等学校范围内发行，但是其批评腔调，已经上纲上线。对于喜欢李贺的人来说，这种批评多少有些刺耳。说一个作家没生活，一度批评界很流行，仿佛生意场上说人做买卖没本钱，又好像说女孩子天生不够漂亮，没生活是年轻作家的致命伤，这棍子抡谁身上都合适。

我最初读到的李贺的诗，是"文化大革命"结束前夕，现在回想，犹如一场隔世的春梦。当时在一家小工厂做学徒工，闲着无事，把苏州人民纺织厂和江苏师范学院联合注释的《李贺诗选注》搁包里带出带进。由工人师傅和大学师生联手选注法家著作，在那时候颇为时髦，我堂姐就和北京机床厂的师傅一起注释了魏源的文章。运用马列主义和毛泽东思想总结历史上儒法两条路线斗争的经验，一度轰轰烈烈，如火如荼，"文化大革命"初狂写大字报造就了一批书法家，这次对法家著作的大规模注释，也为训诂学培养出一些人才。我有个朋友没上过大学，因为参加工人注释小组，开始对古文有兴趣，恢复高考后，成为第一批训诂学专业研究生，后来又成为最早的训诂学博士，这些年来，动不动就到国外讲学。

把李贺算在法家的阵容里，难免莫名其妙。我疑心是喜欢李贺的人搞了小动作，因为那年头只要把某个人列入法家，就可以在无书可读或者有书不许乱读的情况下，堂而皇之地开机印刷他的作品。据说唐朝的诗人中，毛泽东最喜欢三李，凭我的记忆，李白和李商隐并没有被列入法家殿堂，当时也没有印刷他们的诗集。天知道李贺为什么会交上好运，到"文化大革命"后期，出版界浑水摸鱼是经常的事。

很长时间里，李贺给我留下的是一个积极向上的印象：

> 男儿何不带吴钩，
>
> 收取关山五十州，
>
> 请君暂上凌烟阁，
>
> 若个书生万户侯？
>
> 《南园十三首·其五》

> 寻章摘句老雕虫，
>
> 晓月当帘挂玉弓，
>
> 不见年年辽海上，
>
> 文章何处哭秋风。
>
> 《南园十三首·其六》

那是一个读书无用的时代，受这些诗的影响，我作为一个小工人，当时做梦也不会想到自己日后会成为一个作家。寻章摘句，男儿不为，和李贺诗中的那种饱满激情相吻合，我骄躁不安的，是遗憾自己没有建功立业的机会，是不能"报君黄金台上意，提携玉龙为君死"。"吴钩"和"玉龙"都是兵器的别称。王朔在《动物凶猛》中，谈到小说主人公当时急切盼望中苏开战，这代表了一大批男孩子的心情。我们喜欢看战争片，喜欢把敌人打得落花流水，看《地道战》和《地雷战》长大的一代人，对战争绝不会有什么恐惧之感。

二

差不多同时期，我有一位整天捧着《唐诗三百首》的邻居，这人是演员，舞台上扮演小生，"文化大革命"后期没戏演，以吟诵唐诗为乐。我至今也忘不了他吟诗的模样，他给我留下的最深刻印象，是以三百首为排行榜，谁入选《唐诗三百首》最多，谁就是最好的诗人。李贺的诗没被选入《唐诗三百首》，因此便不入这位邻居的法眼。在他看来，李贺即使是什么法家,在诗上面也是邪门歪道,要不然不会那么多杰出的唐诗人,偏偏漏掉他一个人。

可是我却很喜欢李贺的诗。不仅仅因为上面提到的那些激情诗篇,这些诗给人的印象,与初唐诗人同样斗志昂扬的边塞诗并没太大区别。让我入迷的是李贺的用字,是他独特的修辞手段。"为人性僻耽佳句,语不惊人死不休",杜甫的这两句诗借来形容李贺,再合适也不过。譬如:

骨重神寒天庙器,
一双瞳人剪秋水。

《唐儿歌》

民间骂人常说谁谁谁骨头轻,李贺用质量的"重"来修饰骨,用感觉的"寒"来点缀神,看似漫不经心,却化腐朽为神奇,点铁成金。清朝方扶南批注的《李长吉诗集》指出,"凡寒字率薄福相,此偏用得厚重。"而"瞳人剪秋水"更是在通与不通之间,成语有望穿秋水之说,"秋水"就是眼睛,这里用了一个动词"剪",让人好不喜欢。同样是重和寒,到了《雁门太守行》中,又有了另外一种神韵,

"塞上胭脂凝夜紫",于是"霜重鼓寒声不起"。再如《马诗》中的"此马非凡马,房星本是星,向前敲瘦骨,犹自带铜声","夜来霜压栈,骏骨折西风"。敲击马骨,能发出金属的悦耳声,马骨像刀锋,能将凛冽的西北风切断,在马的骨头上,做出这样一些出色文章,真是匪夷所思。

钱锺书评点李贺诗,说他喜欢用具体坚硬的东西作比喻,比如弹箜篌的声音,用"昆山玉碎"和"石破天惊"来形容。"荒沟古水光如刀",把流动的水光比作闪动的刀光。"香汗沾宝粟",说汗珠犹如粟粒。写到酒,明明是液体,却说是"缥粉壶中沉琥珀",用固体的"琥珀",来形容流动的美酒。又"琥珀浓,小槽酒滴珍珠红",琥珀比酒取其色,珍珠比酒取其形。总之,李贺的诗,善于通过奇特的比喻,用两物之间的某一点相似,让我们用不同的感觉器官去感受,去触摸,变虚为实,变看不见摸不着为看得见摸得着,又变实为虚,变寻常为不寻常。

> 长吉细瘦,通眉,长指爪。能苦吟疾书,最先为昌黎韩愈所知。所与游者,王参元、杨敬之、权璩、崔植辈为密。每旦日出与诸公游,未尝得题然后为诗,如他人思

量牵合,以及程限为意。恒从小奚奴,骑距驴,背一古破锦囊,遇有所得,即书投囊中。及暮归,太夫人使婢受囊出之,见所书多,辄曰:"是儿要当呕出心乃已尔!"上灯,与食,长吉从婢取书,研墨叠纸足成之,投他囊中。非大醉及吊丧日率如此,过亦不复省。

李商隐《李长吉小传》

我想自己喜欢李贺的另外一个原因,是因为那种为写诗而写诗的艺术家气质。是不是法家根本无关紧要,积极向上和消极低沉也无所谓,作为一名读者,喜欢某个作家,往往只需要一些非常简单的原因。我忘不了当时情景,每天一早起来,匆匆骑车去郊外的工厂上班,自己是修理工,上班也不是很忙,闲着没事,不让看书,只能傻坐。对付傻坐最好的办法,便是默诵一些古典诗词,而李贺的诗似乎最适合反复品味。我那时不仅爱看带注解的古典诗词,同时还迷恋当代年轻人现写的诗歌。我的一个堂哥有一批酷爱写现代诗的朋友,这些朋友的诗以手抄本的形式悄悄流传,若干年后,成为风行一时的朦胧诗的骨干分子。

李贺骑着毛驴出外觅诗,和当代那些年轻人的创作不谋而合。我熟悉的一位年轻诗人，常常说话的时候，突然拔出笔来，在随手捞到的纸片上疾写，写完了，塞在口袋里，然后继续谈笑风生。这些今天看来十分矫情的行为，当时却是实实在在地感动了我。虽然没有投入诗歌写作，但是我的所闻所见，已饱受了诗的潜移默化。人活着，就应该像一首诗一样。很显然，那是我一生中最富有诗意的一个阶段，在古代李贺和当代诗人之间，我找到了让人兴奋的共同点。我发现写作也可以成为人生命本能的一部分，在流行的大话谎言式创作之外，在满纸的大批判或者个人崇拜的语林之外，在文化的沙漠里，还存在着一种别的写作方式。

我并没有想到自己日后会成为一个作家，只不过是提前做好了准备，如果有机会投身写作，我知道应该怎么样。

三

对李贺的诗，确实可以有不同的理解。《李贺诗选注》的前言写得颇有火药味，当年也没认真看，今日重读，不由得感到好笑：

今天，当我们运用马列主义和毛泽东思想来总结历史上儒法两条路线斗争经验的时候，有必要正确评价李贺及其诗歌，把被颠倒的历史重新颠倒过来。

事实上，这种义正词严已经有些老掉牙的口吻，我们今天偶尔还能听到。在谈到李贺的诗歌是否"欠理"这一传统评价时，前言用了更激烈的言辞予以反驳：

> "欠理"，这是历代儒家之徒和反动文人给予李贺的另一罪状。他们说的"理"，就是"三纲五常"一类儒家的道德规范、唯心主义的天命论和形而上学，也就是维护反动秩序的一整套孔孟之道，在他们的心目中，这个"理"是神圣不可侵犯的，是他们的命根子，而李贺竟然胆敢对此发出叛逆的呐喊，掷出批判的投枪，这确实欠了他们的"理"。

最早说李贺诗欠理的是同时代的诗人杜牧，这个"十年一觉扬州梦，赢得青楼薄幸名"的浪荡子，说了李贺一大堆近乎夸张的好话之后，突然笔锋一转，说李贺"盖骚之苗裔，理虽不及，辞或过之。骚有感怨刺怼，言及君臣理乱，时有以激发人意。乃贺所为，得无有是？"杜牧的意思很明白，李贺诗的文辞是漂亮的，只不过是"理"弱了一些，如果"少加以理，奴仆命骚可也"。换句话说，李贺的诗再加上理，恐怕要比大诗人屈原还要厉害。

不妨看看杜牧是怎么夸李贺的：

> 云烟绵联，不足为其态也；水之迢迢，不足为其情也；春之盎盎，不足为其和也；秋之明洁，不足为其格也；风樯阵马，不足为其勇也；瓦棺篆鼎，不足为其古也；时花美女，不足为其色也；荒国陊殿，梗莽邱垄，不足为其怨恨悲秋也；鲸吸鳌掷，牛鬼蛇神，不足为其虚荒诞幻也。

光说好话没用，好话有时候也会说过头。排比句有一种很强烈的修饰作用，但是只要是个比喻，就会片面，就会有缺陷。放在一起说，难免冲突打架，钱锺书先生在《谈艺录》中一针见血地指出："长吉词诡调激，色浓藻密，岂'迢迢''盎盎''明洁'之比。且按之先后，殊多矛盾。'云烟绵联'，则非'明洁'也；'风樯阵马''鲸吸鳌掷'更非迢迢盎盎也。"真是马屁拍到了马脚上，说好话如此，要挑刺批评就更惹众怒。杜牧说李贺的诗欠理，话音刚落，后人的议论就没断过。赞成者继续杜牧的观点，譬如宋朝的张戒在《岁寒堂诗话》就说，白居易作诗"以意为主，而失于少文"，李贺作诗"以词为主，而失于少理"，是"各得其一偏"，他认为最好的诗应该是"文质彬彬，然后君子"。同样是宋朝的张表臣在《珊瑚钩诗话》也说，诗"以平夷恬淡为上，怪险蹶趋为下。如李长吉锦囊句，非不奇也，而牛鬼蛇神太甚，所谓施诸廊庙则骇矣"。朱东润先生主编的那套教材，事实上也是这个意思，认为李贺追求形式太过，有理不胜词的缺点。

反对派则据"理"力争：

> 樊川反覆称道形容，非不极至，独惜理不及《骚》。不知贺之长正在理外，如惠施"坚白"，特以不近人情，而听者惑焉，是为辩。若眼前语，众人意，则不待长吉能之，此长吉所以自成一家欤。
>
> 宋·刘辰翁《笺注评点李长吉歌诗》

清朝贺贻孙《诗筏》也用差不多的意思反驳欠理：

> 夫唐诗所以夐绝千古者，以其绝不言理耳。……楚骚虽忠爱恻怛，然其妙在荒唐无理，而长吉诗歌所以得为骚苗裔者，正当于无理中求之，奈何反欲加以理耶？理袭辞鄙，而理亦付之陈言矣，岂复有长吉诗歌？又岂复有骚哉？

由此可见，"文化大革命"中出版的《李贺诗选注》前言中的观点，虽然打着批林批孔的招牌，虽然用的是极左的语调，但就李贺诗是否"欠理"这一点，并非完全是自己的独创。清朝董伯音《协律钩玄序》也为李贺辩解说："长吉诗深在情，不在辞；奇在空，不在色；至谓其理不及，则又非矣。诗者，缘情之作，非谈理之书。"或许，问题的关键还在什么算作"理"，这是李贺研究中一个经常性的话题，曾引发不少议论，有人把它当作思想内容，有人把它当作思维逻辑。极左的观点说穿了是强词夺理，一口咬定"理"就是孔孟之道，就是三纲五常。这实际上是一种蛮不讲理，和古人的反对意见貌合神离，差之毫厘，谬

以千里,风马牛不相及。奇文共赏,立此存照:

> 李贺不畏"天命",不畏"大人",不畏圣人之言,否定天国的存在,讽刺迷信天神的行为,显示出这位青年诗人敢于向儒家传统观念宣战的反潮流精神。难怪儒家之徒和反动文人要给这个具有叛逆精神的诗人加上"欠理"的罪名,甚至叫嚣"太无忌惮",惊呼他的诗歌"施之廊庙则骇矣",这恰恰暴露了这帮孔孟卫道士的凶恶嘴脸。
>
> 《李贺诗选注·前言》

四

世上的诗篇永远不死亡,

世上的诗篇永远不停息。

在《蝈蝈和蟋蟀》中,英国诗人济慈充满激情地写下这样的诗句。在济慈看来,"美就是真理,真理也就是美","一件美的东西永远是一种快乐"。在谈到李贺的时候,联想到写《夜莺颂》的济慈是很自然的事情，因为这两个诗人有着非常近似的两个共同点。他们都是伟大的天才诗人，都是寿命很短，李贺活到二十七岁，济慈只活了二十六岁。济慈曾经学过医，但是他放弃了医学，全力以赴从事诗歌的创作。

李贺比济慈差不多整整早了一千年，影响了后来的无数诗人。人们学习他的精益求精，有时也确实难免走火入魔。李贺诗并不是什么人都能学，他诗中的优点和缺点十分明显，像两座高高的山峰一样对峙。不同的人，可以从李贺的诗中看到不同的东西。钱锺书先生随手将李贺写"鸿门宴"的《公莫舞歌》，与刘翰的《鸿门宴》，与谢翱的《鸿门宴》，还有铁崖的《鸿门会》做比较，认为同一题材的诗歌中，谢翱的一首最好。谢是宋遗民，曾参加过文天祥的抗战部队，他的作品风格沉郁，寄寓了对宋室沦亡的悲痛。同样是写"项庄起舞，意在沛公"，同样是写项伯拔剑，用自己的身体保护刘邦，却有两种截然不同的态度。李贺的观点是"材官小臣公莫舞，座上真人赤龙子"，意思是说项庄不要痴心妄想击杀刘邦，刘邦是真命天子，很长的一首诗，遣词造句十分出色之外，只在"真命天子"上大做文章。而谢翱的立意就完全不一样,"楚人起舞本为楚,中有楚人为汉舞","君看楚舞如楚何,楚舞未终闻楚歌"。联想起中国的大历史,为元朝灭掉南宋的是降蒙的汉人张弘范,灭宋之后,他自恃有功,特立碑"镇国大将军张弘范灭宋于此"以为纪念。扶助清朝平定江南的是洪承畴,洪不是满人,是汉人,而且是汉人的大官。启关引兵,被满人封为平西王,最后将南明皇帝绞杀的吴三桂也是汉人,是汉人的封疆大吏。换句话说,四面楚歌的悲惨局面,往往是"楚人为汉舞"自己造成的。和李贺词藻华丽的《公莫舞歌》相比,谢翱的《鸿门宴》更多了一份感时忧国的"世道人心"。

李贺《燕门太守行》差不多是所有选本必入选的一首诗:

黑云压城城欲摧,

甲光向日金鳞开,

角声满天秋色里,

塞上燕脂凝夜紫,

半卷红旗临易水,

霜重鼓寒声不起,

报君黄金台上意，

提携玉龙为君死。

此诗写气氛可谓绝唱。据说李贺曾携诗去谒韩愈，门人将诗稿送了进去，韩暑卧方倦，困意蒙眬，准备让门人将李贺打发走，可是他打开递上来的诗稿，首篇便是《雁门太守行》，读而奇之，连忙穿上衣服匆忙赶出去见李贺。韩愈对此诗的具体评价不见文字记载，不过这个故事本身似乎已经说明问题。李贺诗中的想象和比喻永远是第一流的，"长吉耽奇凿空，真有石破天惊之妙"，所谓"创奇出怪以极鬼工者，李昌谷之幽思也"。但是，如果撇开诗高超的艺术性不谈，不难发现此诗的立意，只在"士为知己者死"这一点上。说李贺诗欠理，这或许多少也能算是个例子。清朝黎简《黎二樵批点黄陶庵评本李长吉集》，说"长吉诗似小古董，不足贡明堂清庙，然使人摩挲凭吊不能已"，属于差不多的评价。

不管怎么说，一口咬定李贺的诗欠理是不准确的。真正欠理的诗不可能让人"摩挲凭吊不能已"。把李贺的诗说成法家著作，当作批林批孔的刀枪使，也是自说自话，是别有险恶用心。李贺出于唐皇室，自称唐诸王孙，虽然是旁系，且已中落，贵族气息免不了，贵族倾向更免不了。不同的人，不同的阅读方式，可以得出不同的结论，说到底，问题还在于怎么去读李贺，李世熊《昌谷诗解序》谈到自己的读后感时，便说："李贺所赋《铜人》《铜台》《铜驼》《梁台》，恸兴亡，叹沧海，如与今人语今事，握手结胸，沧泪涟洏也。"由此可见，钱锺书得出李贺诗缺乏世道人心是对的，李世熊认为李贺"恸兴亡，叹沧海"也是对的。

读艺术作品，贵在有所感慨，仅以一个似是而非的"理"字，来评判该不该读，武断地得出李贺属于什么样的作者的结论，显然非常幼稚。或许，读者自己的灵魂深处，有没有世道人心，这才是最重要的。这就好比触景生情，情既在看到风景以后，更在看到风景之前。同样一本《红楼梦》，"经学家看见《易》，道学家看见淫，才子看见缠绵，革命家看见排满，流言家看见宫闱秘事"，所谓见怪不怪，见奇不奇。读者不能不自以为是，又不能太自以为是。

五

　　我最喜欢李贺的《秋来》，回想当年，这首诗不知被吟诵了多少遍，感叹了多少回。尤其喜欢其中的"思牵今夜肠应直，雨冷香魂吊书客，秋坟鬼唱鲍家诗，恨血千年土中碧"。古人形容悲伤痛苦，有"柔肠寸断"之语，李贺反其道而行之。《李长吉歌诗汇解》解释说：

　　苦心作书，思以传后。奈无人观赏，徒饱蠹鱼之腹。如此即令呕心镂骨，章锻句炼，亦有何益？思念至此，肠之曲者亦几牵而直矣。不知幽风冷雨之中，乃有香魂愍吊作书之客。若秋坟之鬼，有唱鲍诗者，我知其恨血入土，必不泯灭，历千年之久，而化为碧玉者矣。鬼唱鲍家诗，或古有其事，唐宋以后失传。

《昌谷集注》则说：

　　安知苦吟之士，文思精细，肠为之直？凄风苦雨，感吊悲歌，因思古来才人怀才不遇，抱恨泉壤，土中碧血，千载难消，此所悲秋所由来也。

二十多年前，少年不识愁滋味，为读新诗强说愁。那年月，穿着油腻腻的工作服，靠在冰冷的铁皮工具箱上，自以为已被这首诗感动了，征服了，时至今日，不愿说当时是矫情，只能说是感触又深刻了几分。我写这篇文章怀念李贺，其实是借题发挥，追忆自己曾经有过的一段生活。恨血千年，土中成碧，前不见古人，后不见来者，毕竟中国只有一个李贺，毕竟世界只有一个李贺。然而一个李贺已经足够，他给了我那么大的恩惠，那么大的安慰，让我永远也感激不尽。

二〇〇一年八月三十一日 暑中

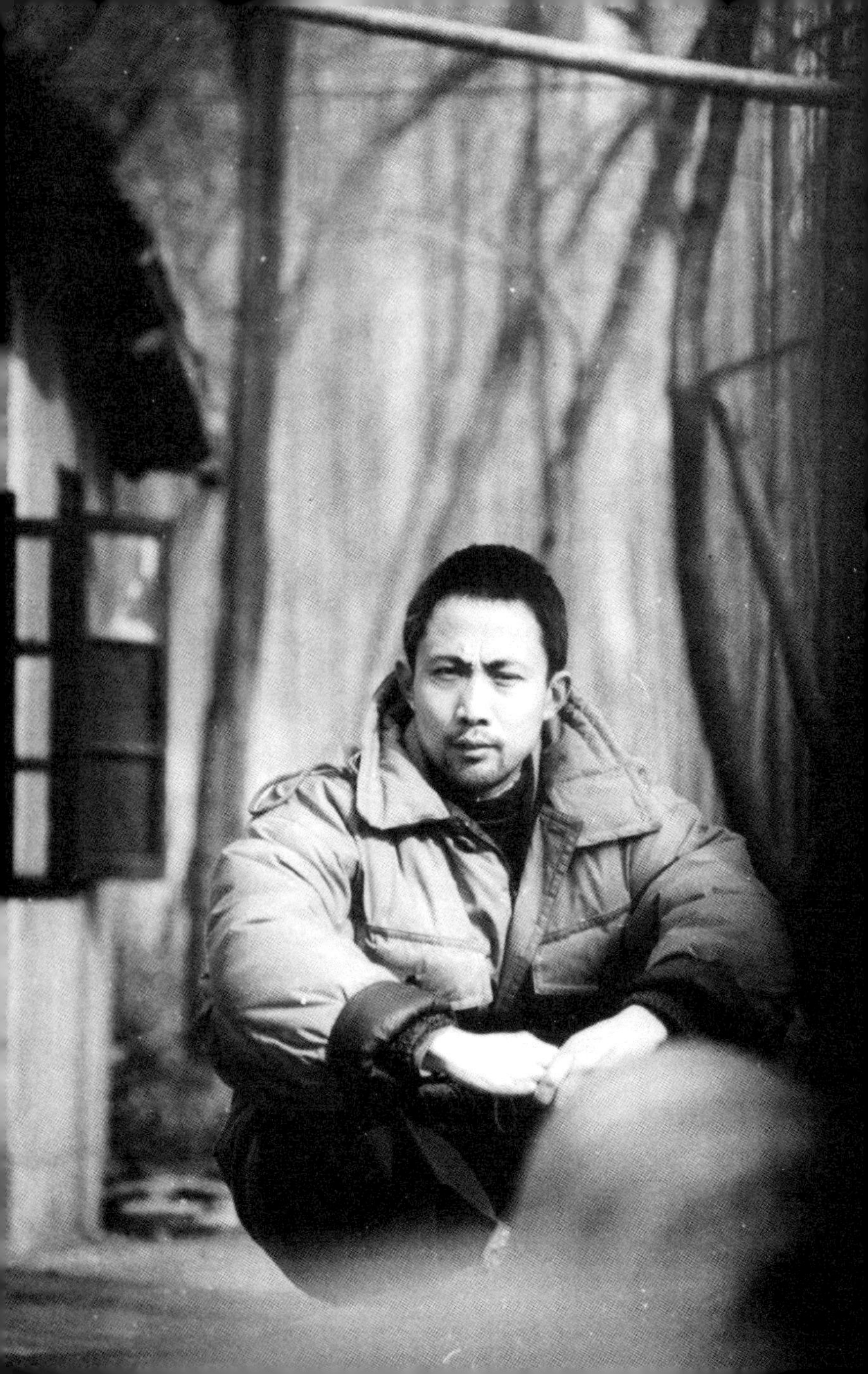

江南的南①

大家好,谢谢今天到场的诸位,同时也要感谢主办方,感谢主办方给了我们这样一个机会,让我过来说说东吴。东吴是个有趣的话题,可以大,可以小,可以很专业地说,也可以很不专业地胡说八道。其实大家都知道,所谓东吴说白了就是苏州,今天的话题换句话说,就是让我说说自己眼里的苏州。我的籍贯是苏州,多少年来,遇上填表格时必须得老老实实写上,户口簿上也是这么写的。别人介绍时喜欢说我是苏州人,去年苏州召开了一场规模不小的

---

① 本文是作者在苏州慧湖大厦的演讲。

苏州作家讨论会,我不仅应邀参加这个会议,而且还让一些评论家当作苏州作家批评,报纸上也是这么宣传的。这个说法当然是不准确,首先苏州的作家不答应,苏州的读者也不会认同。其次我的太太更加反对,她清楚地知道这是假冒伪劣,至多也只能算是一个苏州的女婿。我太太在苏州出生,苏州长大,她属于那种土生土长对家乡有着荣誉感的人,对我这种混籍苏州的人非常不屑。

苏州人对外地人的不认同根深蒂固,他们和我所生活的那个城市南京截然不同。南京人很好客,他们从来不歧视外地人,南京人经常跟着外地人一起嘲笑南京人。在苏州不会这样,老苏州人看外地人的眼光总是很挑剔。譬如我的祖父,他是地道的苏州人,我父亲自小在家里说苏州话,可是祖父长期生活在上海,后来抗战又去了四川,我父亲跟着祖父颠沛流离,生长环境总是在变,因此他的苏州话永远也说不地道,结果我祖父经常会皱着眉头纠正他的发音,到了七老八十还是这样认真。在我祖父看来,苏州话是很优美的一种语言,它的语调像音乐一样,怎么能这么说,怎么能这么糟蹋呢。

又譬如我的丈母娘,她老人家就觉得南京人是苏北人,是江北人，跟她怎么解释也没有用。告诉她南京在长江的南边，我这个女婿好歹也应该算是江南人。可是怎么解释也没用，因为老人家骨子里就是这么认为的。在老派的苏州人眼里，出了吴语区的人都是江北人。我丈母娘的区域观很有意思，她把南京镇江以及苏北的人民，都称之为江北人。再往北一点，过了淮河，那基本上就是山东了。对于老苏州人来说，江北人是一个概念，山东人又是个概念，江北是相对于吴语区而言，山东则代表着整个北方。

大家千万不要觉得这个观点可笑，现在的年轻人可能已不这么认为了，可是过去的苏州人就是这么想的。这其实是一种很有历史的观点，举一个例子，以我所在的城市南京为例，南京作为江苏省会，它和安徽的省会合肥，究竟谁在南面，谁在北面。很多人都会说当然是合肥在北面，因为从南京去合肥，首先必须往北过江，可是大家仔细研究一下地图，却发现真正偏南的是合肥。记忆让我们在不知不觉中产生了错误，我们觉得自己已到江那边去了，谁也没有想到，江是弯曲的，并不是简单的东西走向。同样道理，江苏境内的南通，虽然是在长江北面，可是它的纬度仍然是南于南京的。

山东也曾经是一个大概念，说它代表着广大的北方不是没有道理。今天意义的山东省是清朝才建立，而明朝的山东布政使司，它所管辖的区域，包含了今天的天津和北京，包括辽东和河北。不妨想一想，想当年，我们往遥远的北方张望，连北得不能再北的辽宁东部都隶属于山东，那么我丈母娘把山东当作大北方的观点显然是正确的。杜甫《兵车行》中有这样一句："君不闻汉家山东二百州，千村万落生荆杞。"不仅我们会把广大的北方看作山东，古代的秦国占据了西部，汉朝的首都在长安，在秦人汉人眼里，秦岭之外都是属于山东。

好吧，还是把话题转移到东吴上来。东吴是什么呢？往小里说，它就是苏州。往大里说，它就是整个吴语区，就是大的东南，相当于整个华东地区。对于北方人来，东吴就是南方的一大片富庶领土，而其中最有代表性的就是苏州。按说东吴的代表，最具有代表性的应该是南京。我们都知道，所谓东吴，其实是指孙吴，也就是三国时的吴国。吴国的首都在哪，孙权死了又葬在哪，这个问题很简单，在座的各位也肯定知道，南京才是东吴的首都，孙权死后葬在南京的梅花山。这就出现了一个疑问，为什么说起东吴,大家约定俗成,首先会想到的不是南京,偏偏是苏州呢?

这会不会与南京人不再说吴语有关?历史上的南京人无疑是应该操吴语的,可是他们在历史的行程中,渐渐地失去了母语。当然,也可能与孙权的先人有关,我们知道,三国时的东吴,最初是从苏州发迹的。孙权是浙江富阳人,出生在徐州。他的先祖孙武是山东人,这个山东就是大北方,今天关于孙武的出生地仍然有很多争论,大家都争,都抢名人,按照我们苏州人的观点其实没什么可争。反正他真正成名是在苏州,苏州才是他的用武之地。关于孙武的故事,最出名的无过于杀美人练兵,所谓练兵斩姬,这个故事和杀鸡儆猴很像。说老实话,我不太喜欢这样的故事。不喜欢归不喜欢,孙武的军事才能还是值得敬佩。总之一句话,孙武是个很懂军事的人,他的《孙子兵法》成为中国最著名也是世界著名的军事著作。

孙武的军事才能让阖闾成为五霸之一,古义的"霸"和今天学霸的"霸"很像,是牛气冲天的意思,没有什么贬义,譬如项羽也叫西楚霸王。当然,也可以说是阖闾给了孙武施展军事才华的机会。随着时间推移,历史早就变得模糊不清。不说别的,光是一个读音已让人说不清楚,我始终搞不明白是读阖闾还是阖庐,专家告诉我们,在古代,"闾"和"庐"两个字读音是一样的。我对古音没有研究,因此这个问题我真是说不清楚。譬如吴王夫差,这个"差",到底怎么念,我的心中仍然是没底的。对于过去的历史,我们已经习惯用眼睛去看,很多字都认识,一看就知道谁谁谁,可是再要读出那些古人的名字,读准确,却已经有着相当的难度。

今天的人说起苏州,总觉得它是文绉绉的,总是喜欢说它出了多少个状元。说起苏州,除了经济的繁荣,那就是科举的成功。好像这个地方的人只会生产,只会读书,只知道农耕。事实是不是这样呢,当然不是。接着孙武在苏州的故事往下说,我们就可以说到吴越春秋,说到卧薪尝胆。这些故事就发生在今天这个地方,也许就发生在我们的脚底下。这么说是完全可能的,我不知道大家在盖高楼挖地基的时候,有没有什么新考古发现。

卧薪尝胆的故事说明什么呢,说明我们吴人输了,战败了,往白里说,就是以苏州为代表的江苏输给了浙江。为什么会输呢,是当时的吴国不擅战?当然不是。我们的吴国是被美人计打败的，吴国是输在美人西施手里，虽败犹荣。越王勾践是最后的胜利者，可是我从小就不喜欢这样一个人，为什么呢？因为他太有心计，太不择手段。当然还有一个"问疾尝粪"的故事，这个故事深深地困扰着我。勾践为了让吴王夫差觉得自己没有反抗之心，他居然可以去尝夫差屙出来的屎。记得我刚开始看到这个故事的时候，为这个没有底限的故事彻底崩溃了。

一个人居然可以吃着吴王的屎说："大王的身体已经恢复了，为什么呢，因为我尝了你拉的屎，那个味道又酸又苦，这说明你的身体没有问题了。"

什么叫不择手段，这个就是。政治往往是不讲脸面，政治往往就是肮脏。一个硬币总会有正反两面，相比较而言，我更喜欢那些光明磊落最后却失败了的英雄，在项羽和刘邦之间，我更喜欢项羽。同样的道理，对于越王勾践和吴王夫差，更喜欢夫差。我从小就有一个遗憾，那就是美人西施更应该爱夫差，因为这才是一个真正爱她的男人。越王勾践只是在利用她，只是把她当作了一个工具。当然，在政治的旋涡中，爱往往是不重要的，如果西施真的只是与吴王相亲相爱，戏剧性的故事也许就没有了。

西施是什么人呢?她也就是山村溪水边一个很普通的浣纱女。民国年间的女作家苏青曾经写文章想象过西施的结局,如果不是被当作美人计的工具,那么她的结局会是什么呢,很可能就是被山里的某个小伙子给诱奸了,然后呢,也就是结婚生子,成为一名最普通不过的村妇,拖儿带女,过完平庸的一生。很显然,西施能够成名,成为美女的代言人,不是因为她的美,天下的美女太多了,而是她充分地利用了自己的美丽。换句话说,如果不是吴王夫差对她的爱,如果夫差不是中了美人计,她什么都不是。

在吴越春秋的故事中,我始终认为越王勾践胜之不武,始终认为吴王夫差虽败犹荣。为什么要这么说呢,因为历史上的吴人是能打仗的,历史上的吴人完全不是今天这个模样。吴人尚武是有历史传统的,譬如到了汉朝,司马迁的《史记》上便说当时最老实的人是鲁国人,为什么呢,因为他们受孔子文化的熏陶,彬彬有礼,讲究中庸之道。当时的鲁国是哪里呢,是山东曲阜和江苏徐州一带。而我们的吴国呢,却是标准的野蛮之地。太史公用"轻生死"这三个字来形容吴人。

一般地说,传统是很难改变的,但是随着时间的推移,传统也是可以变化。事实上，到了宋朝，徐州一带的民众，在苏东坡嘴里就已经成了让人头疼的刁民。穷山恶水出刁民，经济水平可以改变文化。我们依然可以借司马迁的《史记》来说事，《史记》记录了当时的"GDP"，我们都知道穷富既是生产能力的体现，也是文明程度的标准。在汉朝，当时最富的区域是哪里，说出来大家可能不会相信，是雍州，也就是在长安一带。今天说到西部，我们可能会首先想到的是经济不发达，但是在秦汉时期，那里却是中国最发达的地区。战国七雄，秦最后能得到天下，和富裕是有关系的，这也是美国佬为什么厉害的原因。

那么当时最贫穷的地方又是在哪里，说出来大家恐怕仍然是不相信，就是大扬州。这个扬州不是今天长江北面的扬州市，而是我们现在最引以为豪的江南地区。我们说中国有九州，"禹别九州"，九州代表着中国，而长江南部偏东的这一大片土地被称之为扬州。在东吴之前，整个江南地区基本上都处在蛮荒年代，那时候，江南到处都是沼泽地，人烟稀少，它的文字可以记录的历史，差不多都是虚无的，都是一些不太靠谱的传说。

江南的文明应该是从东吴才开始，东吴是我们文明的源头。再往前，就没什么太多的东西可说了。大家可能还知道一个泰伯奔吴的故事，这个故事的核心是什么呢？说起来很简单，在遥远的古代，我们的吴地是一片蛮荒之地，我们的文明要想追溯源头，就必须提到一个来自北方的泰伯。周王一个叫泰伯的儿子跑到我们吴地来了，在他的带领下，吴地开始被开发。和别的地方的历史一样，东吴的历史也是一个不断地被开发的历史，什么叫开发，说白了，就是不断地加入了人工，让蛮荒之地变得越来越文明。

我们说南京是六朝古都，这个六朝，打头的便是东吴，而东吴的发源地又在苏州。东吴能够立国，可以成为江南的领袖，就是因为最初在苏州一带打下了坚定的基础。当然，东吴时期的江南，经济仍然还非常薄弱的，三国鼎足，其实吴国和蜀国加在一起，才可以勉强和曹魏抗衡。北方的曹魏为什么强大呢，如果细心研究一下，会发现经济起着决定性的作用，经济基础决定上层建筑，当时的北方生产能力远远强于南方。

江南什么时候开始变得富裕呢，应该是在东晋时期。东吴和西蜀当年对抗北魏的策略，诸葛亮用的是打仗，老是喊北伐，所谓"汉贼不两立，王室不偏安"，这口号有个好处，就是可以竖起一个高大目标，让大家勒紧了裤腰带过日子，让蜀国始终处于战争状态，始终是"此诚危急存亡之秋也"。战争时期永远是非常时期，而非常时期的日子都不会好过。我们的课本对诸葛亮评价非常高，其中很重要的一个原因就是汉族常常遭遇外患，常常是危急存亡，在这样的时候，以攻为守便是最好的策略，抗战自然而然就成了主旋律，而《出师表》便成了最鼓舞人心的文艺作品。

三国时期的西蜀因为战事不断，最穷，东吴相对要好得多，因为赤壁之战以后，刘备开始坐大，开始对东吴形成威胁，因此在后期，东吴的策略是向北魏称臣，这个策略是成功的，结果东吴最后杀了关羽，收回了荆州。西蜀是以攻为守，东吴则是以守为攻，攻和守都是三国鼎立的国策，但是最后统一中国的还是来自北方的司马氏，我们都知道，魏晋是可以当作一家的，司马氏窃取了魏国江山，不当回事地就拿下了西蜀和东吴。

不知有汉，无论魏晋，东吴只是个开创期，江南真正形成气候，非要到东晋才行。东晋是江南兴旺的转折点，不妨跟大家说一说苏州的虎丘塔，这个虎丘塔，据说是整个江南最早的古建筑物。如果我没有记错的话，苏州的两个古塔是江南地区最悠久的，一个虎丘塔，建于五代，一个北寺塔，建于南宋。可以这么说，东晋以前的江南地区，经济已经开始发展了，但是我们也必须承认，相对于北方，它最美好的时刻还没有到来。

为什么要这么说呢？可以举一个例子，以人才看，我们读唐诗可能就会发现，在唐以前，第一流的大诗人都不是出在江南地区。像苏州籍的陆龟蒙，在苏州基本上已经是最出色的，可是放在浩瀚的唐诗中，恐怕就算不上一个大诗人。以古代文化看来最具有代表性的古文论，唐宋八大家中，竟然没有一个是我们这一带的江南人。以科举的数字看，根据统计，江南文人在隋唐以及北宋，实在没什么太大作为。经济上，江南似乎再也不会萧条，已成为名副其实的鱼米之乡，但是文化上又不得不仰望北方。根据《中国大百科全书》的人名统计，唐朝人才分布的比例，排名前五的是陕西，河北，河南，山西，山东，江苏虽然排名第六，其实是中间还包含苏北的缘故，像徐州，完全应该算作北方。至于浙江，竟然排名于甘肃之后，差不多只是排名第一的陕西的十分之一。

到了宋朝，东吴的这一片肥沃之地，早已经成为标准的鱼米之乡。说起鱼米之乡,不能不提到江苏的"苏"字,因为繁体字的"蘇",里面既有鱼又有米,"禾"就是水稻就是米。好像当初故意挑了这么一个字,今天我们说起江苏,简称"苏",很显然,大家已经习惯了用"苏州"的"苏"来代表江苏。那么这个"苏"字是不是有鱼米之乡的意思呢?

我想大概不是的,学者研究的结论是,苏州的"苏"其实和苏州胥门的"胥"有关,大家只要上百度搜一下就明白了,百度上是这么写的:

1."吴"的来历:商代末年,周国古公亶父有三个儿子:长子泰伯,次子仲雍和幼子季历。亶父喜欢季历,但是按照制度,必须传位于嫡长子。泰伯、仲雍为尊重父意,避让君位而到当时古越人聚居的江东,并随乡入俗。当时的江东人有个习俗,就是喜欢边跑边呼喊,泰伯造了一个"吴"字代表他们。泰伯被拥立为君长,国号为"勾吴"。"勾"是当时古越语的拟声词,无义。

2."苏"的来历:在夏代有一位很有名望的谋臣叫胥。胥不仅有才学,而且精通天文地理,因帮助大禹治水有功，深受舜王敬重，封他为大臣，并把江东册封给胥。从此，江东便有了"姑胥"之称。"姑"是当时土著吴越人的古越语的拟声词，无义。今苏州仍有胥江、胥门、姑胥桥等地名。周朝以仁政治理天下，"胥"义为狱卒，不祥。《诗经》"山有扶苏"的"蘇"由草、鱼、禾组成，象征鱼米之乡，且与"胥"发音相近。吴王故将"姑胥城"改为"姑苏城"。姑苏城西边的灵岩山就成了姑苏山。后来阖闾城筑毕，姑苏城逐渐被荒弃。但是"姑苏"的名字在吴地留下不可磨灭的印象。到了隋代，废"郡"设"州"，当时苏州所在的"吴郡"本来应该更名为"吴州"，但"吴州"当时已被绍兴用了，所以就改用"苏州"了。

说起吴语中的拟声词，我还想说一下无锡的"无"，过去有人说无锡的锡山，总是喜欢讨论这个锡山到底有没有金属"锡"，无锡明明是有一个锡山，可是为什么又叫无锡呢？地质学家已经考证过，无锡的锡山不可能有锡，所谓锡被开采完了，只是一种想象，它的地质条件不可能有锡矿。其实无锡的"无"，也是古吴语的发声词，就跟老虎老鼠一样,这个"老"是没有意义的。与姑苏的"姑",勾吴的"勾",都是差不多的道理。又譬如我们说起金陵的"陵",在江苏境内,有四个陵,江南有金陵和兰陵,江北有广陵和海陵。金陵是南京,兰陵是常州,广陵是扬州,海陵是泰州。关于这个陵,很多人也不明白是什么意思,古人望文生义,总觉得与埋葬或者陵墓有些关系。譬如说金陵是秦始皇巡游时,认为此地有王气,因此埋了些金子镇住了金陵王气。又譬如广陵,隋炀帝叫杨广,因此广陵就成了埋葬他的地方。这些解释当然是很牵强的,是一种附会,早在秦始皇和隋炀帝之前,金陵和广陵这个地名就已经有了。所谓"陵"是楚语中的一个词,它的本义也就是水边的一块高地。

为什么苏州的"苏"会成为江苏的代表,因为清朝设置江苏省的时候,从江宁府和苏州府中各取了一个字,这就好比安庆和徽州合称安徽一样。苏州的"苏"不仅代表了江苏,而且江苏的省府在很长时间,也一直设在苏州,因此,用"苏"来代替是理所当然的事情。问题只是苏州为什么会成为江苏最好的一个地方,为什么时至今日,它仍然还是江苏甚至全国最富庶的地方。这里面的原因是什么，为什么会这样，很值得大家去探索，去研究。

我个人觉得应该有这么几个因素。首先是它的太平，"上有天堂，下有苏杭"。一般人都认为这句话是形容此地的富裕，对于老百姓来说，富裕，不愁吃不愁穿，这就是天堂。好像天底下的事情，只要有了钱，就什么都可以搞定。然而一个地方的经济要能得到正常发展，和平和不折腾是非常重要的。"上有天堂，下有苏杭"还有另一种解释，这就是作为一句口号，它最初是由来自中原地区的老百姓喊出来的。宋朝的北方区域，饱受异族入侵之苦，他们含辛茹苦地来到苏州，突然发现这里远离战乱，发现这里竟然可以不打仗，于是发自内心地称赞这里为天堂。天堂的必要条件就是和平，没有和平的岁月就不会有天堂。

其次是有很好的规划，一个地方的太平总是相对的，像苏州这样的好地方，北方人肯定很觊觎，一一二九年金兵南下，原有的苏州古城几乎毁于战火，这是有文献资料以来，苏州城遭受的最大的一次伤害。在其后一百年间，废墟中的苏州不断恢复和发展，很快又生机勃勃地繁荣起来，当时的郡守李寿朋令人绘制了平江城地图，精细缕刻在一块石碑上。苏州又名姑苏，"姑苏"之外，用得比较多的就是这个"平江"。《平江图》是我国现存最早的一幅古代城市规划图，绘图手法是以平面和简练的立体形象相结合，它是国务院颁布的第一批国家重点保护文物。老苏州的基本格局是人家尽枕河，是一个地地道道的水城，都是在水上大做文章，并且做好了文章。同样出于人工，与威尼斯不一样，苏州城并不像精明的意大利人那样，把一座美丽城市凭空建造在一排排结实的木桩上面。苏州城的基本格局，是借助了一条条人工开凿的河道。要想解释清楚这个城市的基本格局，举世闻名的宋代《平江图》是一份最好的说明书。《平江图》形象地反映出了当时苏州的繁华风貌，勾画出了宋代苏州人民的生活景象。苏州城充分利用了水这个自然条件，以城外的河湖为依托，十分大胆地引水进城，在城内有计划地开凿了一条条河道，构成了非常完善的城市交通系统。茫茫的太湖在城西，大海又在城的东面，湖水经苏州城潺潺东流，最后进入大海，因此城里的河道更多是东西走向，而传统的中国民居是南北朝向，于是前街后河，家家临水，"水陆相邻，河街并行"，成了古代苏州老百姓的日常生活常态。

当然了，苏州地区能够长期维持富裕还有一个重要的原因，就是这里的人民特别勤劳，有着一种持续发展生产的能力。大运河像个抽血的针管一样，多少年来一直扎在我们东吴的胳膊上。我们总是在为国家多做贡献，在源源不断地献血，没完没了地输送财富。南宋时向金国称臣，苏州承担着非常重的税收，这以后的元明清，包括后来的中华民国和新中国，此地一直都是缴税大户。沉重的税收并没有把这个地区的经济压垮，恰恰相反，却是一直在刺激着它的发展。财富的积累有时候就是生产再生产，在中国的历史进程中，江南人或许没有在军事上做出什么太大贡献，但是却有幸成了这个国家的经济支柱。

说白了，苏州的现状可以当作一个文明标本，而东吴的故事就是一个文明的结局。这里曾经产生了中国历史上最伟大的军事家和军事著作，但是它的成功，更多还是靠文化，靠经济生产。当然，吴人骨子里的强悍，在关键时刻依然还会顽强体现出来。明朝年间阉党乱政，苏州的老百姓拍案而起，就有了张溥的《五人墓碑记》，这篇文章是《古文观止》的压卷之作，又被选入了中学教材。

苏州的历史更像是人类应该有的一段文明史，苏州的奇迹在于人工，所谓人文化成，所谓道法自然。苏州人在历史的进程中，有意也好，无意也好，最终选择了文明，选择了大力发展经济，事实证明，只有文明的方式，只有发展经济的方式，才会是一种最好最有效率的方式。换句话说，在和平的大前提下，文明就是经济，经济就是文明，而经济和文明则是最好的政治。

二〇一三年十一月十六日　苏州

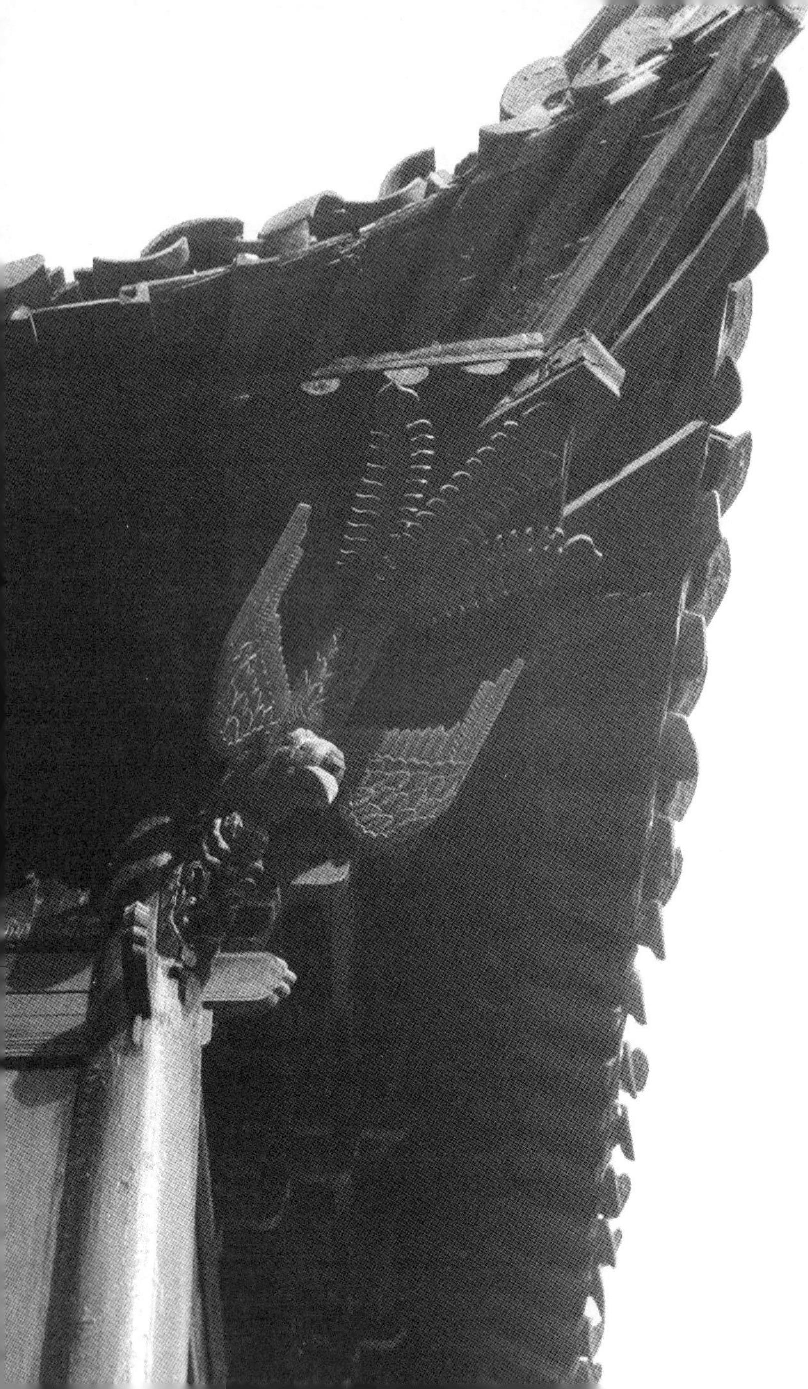

以纸窃火

作为一个中国作家，琢磨缘由，我能有今天，毫无疑问是外国文学催化的结果。可惜只能看翻译作品，这始终是心里不大不小的一个疙瘩，因为无法享受阅读原文，感觉不了原汁原味，想到了就沮丧，就垂头丧气。有人说起我的作品，认为中国文学的传统马马虎虎还说得过去，不知道连这点可怜的传统，其实也是从翻译的外国文学那里获得。看来，我注定只能是个把玩二手货的家伙，王小波曾对王道乾的译本表示了极大敬意，我心目中也有一批这样的优秀译者，譬如说，在下学习写作的最好语言读本，有一度就是傅雷先生翻译的巴尔扎克。

很多年前,《译林》杂志搞庆典,要求谈谈与它有关的话题,我胡乱地说了几句,标题就是"外国文学这个月亮"。限于字数,很多话没有说清楚,因此今天不妨再多说几句。喜欢阅读外国文学的朋友,都会有这样感叹,且不说人家的好东西,不说那些高雅的精英文化,不说那些阳春和白雪,就算是畅销作品流行小说,就算是那些通俗的下里巴人大众文化,也比我们自己的国产货强得多。"外国的月亮圆"通常是一句骂人话,有洋奴之嫌,有不爱国之疑,可是,我是说可是,外国文学这个月亮,它确实要比中国的圆。

长期以来,一直是《译林》的读者,我喜欢翻阅这本刊物,朋友们在一起聊天,谈到一个奇怪现象,这就是同样属于通俗文学作品,外国的中国的也有着截然不同的品格。中国的通俗文学,常常恶俗不堪,外国的通俗文学,却时时可以带来阅读的惊喜。崇洋媚外是一种要不得的情绪,不过,是人就难免喜欢好东西,所谓见贤思齐,这又是一件没办法的事情。很显然,外国的通俗文学和大众文化中,也存在大量垃圾。不由地想到曾经的中国足球教练米卢"态度就是一切"的名言,这或许是最直截了当的解释。

我想大家见到的外国流行文学，许多都是已经过滤和筛选的文字，既然不能品尝原汁原味，我们只能被动地坐在餐桌前，只能无奈地把选择权交出去。应该好好感谢那些从事文学翻译的译者，感谢那些专门发表外国文学作品的刊物，是他们或它们帮读者节省了时间，提高了效率。还是回到"态度就是一切"那句话，通俗文学和畅销小说并不意味着格调低下，关键是以什么样的态度去对待。在阅读过程中，我们看到了许多精彩的小说，这种精彩是因为别人付出了巨大的劳动。换句话说，有一批很认真的外国文学工作者，兢兢业业披沙拣金，并不是说外国的通俗文学就一定好，外国的月亮就一定圆，我们所以会产生错觉，仅仅是因为译者和编者的眼光独特。

我们恰恰因为别人的态度端正而坐享其成，研究外国文学的学者专家告诫我们，好的优秀作品总是占少数，或者说是极少数。在过去的这些年，我偶尔也会非常认真地关注一些国外的流行小说，譬如《廊桥之梦》，譬如《挪威的森林》，譬如《朗读者》。流行不一定是坏事，有阅读经验的人都明白，有发行量的未必是好书，真正的好书最终还是会有发行量。任何一本世界名著都一定是流行读物，只不过在时间上可能有些错位。没有流行的支撑，所谓名著都不会靠谱，我们说到某某世界著名作家，说到诺贝尔文学奖，说到龚古尔奖，说到布克奖，其实已经在向流行举手致敬。我们说到卡夫卡，说到乔伊斯，说到胡安·鲁尔福，说到雷蒙德·卡佛，说到他们写作经历中的种种不幸和寂寞，不过是在赞赏另外一种晚点到达的辉煌，因为这些不幸遭遇，只是一种流行迟到的铺垫，只是文学后生们的励志话题。

关于外国文学，我已经写过很多文字，在当代的中国小说家中，恐怕已是这方面文章写得最多的人之一。我实在太老实了，唠唠叨叨地说了许多，把自己向洋人学习的经历老老实实地都交待出来。古老一点的作家，像莎士比亚，像塞万提斯，像歌德，稍稍晚一点的巴尔扎克、雨果、陀思妥耶夫斯基、托尔斯泰、高尔基，再近一些的美国作家和欧洲作家，都写过篇幅不短的文字，因此想在这些话题之外，再说出些什么新鲜玩意真不容易。一说到外国作家，我就有些卖弄，可以轻而易举地开出一长串名单出来。有一年在贵州的一家宾馆，和作家韩少功、何立伟、方方一起聊天，大家说起看过的外国小说，都感到很吃惊。仿佛革命党人回忆地下工作往事，我们发现在过去的岁月，自己在这方面的阅读量真是惊人，原来我们都是喝外国文学的奶长大的。

记得刚上大学的时候，老师给我们这些新生开过一本中文系学生必读书单，上面罗列的文学作品，中国古典作品有许多还没读过，要求阅读的外国文学部分，差不多全知道，我读过的起码要比这份书单多上十倍。很显然，以后的中国作家，恐怕再也不会有我们这代人的奇特经历，在你的青少年时期，你不用面临高考，根本就不需要文凭，你有着大把大把的空闲时间，没有电脑，没有手机，也没有电视，阅读小说就像偷偷地与情人相会一样快乐。同样的话我已经说过无数次，在今天，阅读文学作品常被当作一种营养，是中文系学生的基本要求，是文化人装点门面的普遍素质，你做好了准备要当作家，要混文凭写论文，而在过去的年代，我们疯狂阅读，仅仅是因为无聊，因为没事可做。无聊才读书，我读外国小说最多的年头，不是上大学读本科读研究生，不是开始写小说准备当作家，而是在上大学前，说起来荒唐，还真得感谢"文革"十年，都说这十年是文化的沙漠，是最黑暗的年月，我却有幸而且很从容地在很多时间里，躲进了外国文学这个绿洲。

德国人顾彬说起中国当代作家，口气十分不屑，他说他们不懂外语。言下之意是中国作家就算是看过几本外国小说，也都是靠别人的翻译，二手货作不了数，不可能领略到欧洲文学的精华。这番话一针见血，戳到了中国作家的痛处和软肋。根据这个标准，中国现代文学作家中的大师，譬如鲁迅，譬如巴金，譬如茅盾，他们创造的成绩文学后生必然是不可逾越的，因为我们不能像他们一样阅读外国小说的原文。顾彬的观点在中国很有市场，虽然理直气壮，可惜似通非通，隔膜得厉害，难免有蒙人之嫌。首先，我们的文学前辈外语水平本身就十分可疑，能翻译可以阅读距离精通之间，还有着相当遥远的路程。其次，对外国文学的了解程度，与是不是一个好作家，根本没有必然的联系。如果仅仅是说了解，说句不太客气的话，我肯定比几位大师了解得多。

德国的歌德和美国的庞德都号称"中国通"，都喜欢卖弄他们的中国文学知识，事实却是，他们的了解几乎为零，所谓东方神秘元素完全莫名其妙。从世界文学的大格局看，作为发展中国家的中国作家，对外国文学的了解，远比他们的国外同行知道得多。在中外文学交流上,始终存在不对等,一个外国作家对中国文学毫无了解理所当然,一个中国作家,他要是说自己不看外国小说,没有受到过外国文学的影响,那一定是在骗人。我们都生活在外国文学的阴影下,外国文学这个月亮不一定真的是大,可是它始终挂在中国作家的心中,始终在中国文学的天空上闪烁。

德国的哥廷根大学十分有名,诗人海涅,童话作家格林兄弟,一九〇八年的诺贝尔文学奖得主鲁道尔夫·欧肯,就是这个学校的学生。据说君特·格拉斯与哥廷根大学也有相当深的关系,有材料上说他出自这所大学,有的介绍又说不是,结论到底如何,至今弄不明白,然而在哥廷根街头,确实耸立着他的雕塑。我有幸在这座美丽的大学城待过一个月,和那里的大学老师以及当地作家们多次聊天,出乎他们意外,一个来自中国的作家,完全可以与他们侃侃而谈欧洲文学。他们吃惊我居然还知道一位叫茨威格的德国作家,因为这个人很多德国民众都已经不知道了。

我说起了茨威格小说中的一个场景,有一段文字非常精彩,作者通过赌场上一系列手的动作描写,男主角跃然纸上入木三分。我父亲和祖父都曾对我说起过这个细节,它确实很出彩,有着很高超的技术含量,对学习写作者非常有帮助。德国的同行们惊呆了,他们想不明白,为什么茨威格这样一个在他们看来并不太重要的犹太作家,会在遥远的中国有那么大影响。我告诉德国同行,在作为中国人的我看来,茨威格的影响还不止是他的小说,小说之外的东西有时候会更重要。事实上,我更在乎他对死亡的选择,这是一个非常值得思考的问题:为什么一个已经从纳粹魔爪下逃脱的犹太作家,最后要选择以自杀的方式告别人世呢?

在中国作家眼里,名著都有一种神圣的意味。很少会有一位中国作家像托尔斯泰那样猛烈地抨击莎士比亚,在世界名著面前,中国作家不仅保持了足够的虚心,而且显得非常世故。名著就是名著,尤其是外国文学名著,不能顶礼膜拜,就得敬而远之。我告诉德国同行,歌德小说在中国的影响远比所能想象的还要大,告诉他们曾经有过多少种译本,有过多么大的发行量,这些都是我在出国前做过的功课。歌德作品译本之多和发行量之巨大,曾经让我目瞪口呆,现在,把这些数字说给德国人听的时候,他们也只能和我一样地惊呆了。仅仅在二十世纪八十年代,《少年维特之烦恼》就在中国印了一百多万册，前后译本却不下二十种。

外国文学始终是中国作家心目中的高山，前辈作家就是这么教育我们，我们也忍不住用同样语调告诉后来的作家。世界文学是所有学习写作者的共同财富，有着取之不尽的营养，俗话说取法乎上，优秀的外国文学就是最好的榜样。具体地说起外国文学对我的影响，不外乎名著和禁书。当然，这里说的名著和禁书并不对立，它们很可能就是同一种东西，只是在不同历史时段，有着不同的名称。在"文化大革命"中，几乎所有的名著都是毒草，因此它们差不多也都是禁书。不过这些毒草很快就悄悄地开禁了，人类社会经常会是这样，官方有一种标准，民间另外又会有一种标准。"文化大革命"从来就不是铁板一块，除了那些最激烈的年头，也就是"文革"刚开始那几年，外国的古典文学名著一直处于一种可以阅读的状态，市场上买不到，公共图书馆也不复存在，可是你只要一旦真正有机会获得，能够静下心来阅读，通常都会被认为是一种有上进心的表现。那年头，虽然大家都知道读书无用，爱好文学仍然不失为一种优雅，仍然会被大家在心目中暗暗推崇。

有人说"文化大革命"中,人们都是不读书的,我一直以为这个观点不准确。大家只是获得世界文学名著的机会没有今天这么多,这么容易,如果真要讲起阅读热情,讲起阅读的专注度,绝对会超过今天。那年头可供分心的娱乐活动实在太少了,譬如在"文革"后期,我正在读高中,大仲马的《基督山伯爵》因为江青推崇,很多人都以能读到这本书为荣,因为看不到,我不得不一次次地为读过这本书的堂哥买香烟,以此作为交换条件,让他给我复述那些惊心动魄的故事。

在我的青少年时代,卖弄自己阅读的世界文学名著,是摆脱自卑的一剂良药。我自小性格内向,不擅言辞,常常被别人欺负,世界文学名著对我来说,既是一种情感上的寄托,同时也是可供吹嘘的资本。有人曾经问过我,今天的文学环境和"文化大革命"后期相比,哪一个更好一些。答案似乎是肯定,当然应该是改革开放以后的岁月更占上风。不过也可能还会有些意外,以最流行的电视婚配节目《非诚勿扰》为例,想当年,男生女生介绍自己,常以热爱文学为时髦,就算是一个没看过几本书的人,也喜欢用文学的羽毛来装饰自己。在那个思想贫瘠的年代,文学可以用来泡妞，能够打动姑娘的芳心，然而在各种文化活跃的今天，文学的神圣光环早已不复存在。这样的镜头大家肯定已经熟悉了，男嘉宾们红着脸说起自己喜欢文学，或者业余还写几首诗，立刻导致征婚女嘉宾一片声地灭灯。文学正在变得很惨，已不能够再用来炫耀，用来博得女性好感，而且很显然，在以后相当长的时期内大家还将不得不面对。

自"五四"以后，"崇洋媚外"一词从来就没有真正地伤及外国文学，不同时期，大家在读不一样的外国文学作品。大多数情况下，都是在读那些已经有了定评的世界文学名著，这是最保险的一种投资，不管怎么说，阅读名著总归不会有太大的错误。名著自有名著的道理，名著构成了文学史，形成了传统，统治了我们的阅读经验。主动也好，被动也好，外国文学名著就像大家呼吸的空气一样笼罩着，事实上我们已经不可能再离开它。因此非常值得一提的倒是流行，不同时期的流行文化，它们是我们阅读活动中很重要的一个部分。毫无疑问，流行文化的影响，畅销书的魅力，一点也不比那些早已经成为传统的外国文学名著差。

说一句最坦率的话，无论文学时髦还是不时髦，大家都会忍不住操一份谁才是当今世界上最火作家的闲心。我们喜欢海明威，喜欢雷马克，喜欢马尔克斯，都是因为他们是当时最火爆的流行作家。印象中，对诺贝尔文学奖获得者的追捧是二十世纪八十年代以后，在此之前，中国作家并不是太把这个文学最高奖项当回事。回顾历史，年轻人的阅读或多或少地要受前辈人影响，我们注意到，现代文学的经典作家对诺贝尔文学奖的关注度，远不及东欧弱小民族。也许是因为这个文学奖过多的欧洲元素，在一开始，它只关心欧洲的主流文学，带一点皇家威严，还有点资本主义色彩，反正不太适合中国的国情。中国文学似乎注定离开不了思想，注定要被不同的政治左右，我们向西方学习，更多的是为了盗得火种，"窃火"这个词一度非常流行。所谓文学，无论写实还是浪漫，不过是为了实用，为了人生，为了反封建，为了劳苦大众，为了反对包办婚姻，为了治病救人改变国民性。

真相常常会让人感到尴尬，中国文学界的流行，很长时间里都是跟着日本人走的。道理很简单，在学习先进的西方方面，倭寇总是先我们一步。留日学生的趣味不断地改变中国文学爱好者的口味，因为鲁迅，因为郭沫若郁达夫们的创造社，以及后来的夏衍和周扬，中国的主流文学出现了一个又一个的重要时期，出现了"五四"文学，出现了大革命前后的革命文学，出现了二十世纪三十年代左翼文学，它们的主将都是留日学生。这种显而易见的文学影响直到抗战结束后才宣告结束，一九四六年，德国作家雷马克的作品走红世界文坛，他的《凯旋门》德文原著发行前，英译本先行在美国出版。据说当时的销量就达到两百多万，而它的中文本几乎也是同时推出，遥远的美国报纸还在那连载，朱雯先生的译文已出现在连载专栏上。这个文学上的同步非常耐人寻味，事实上，很少有人注意到这个现象，这就是随着现代文学作家的逐渐成熟，文学越来越精英，也变得越来越小众，流行很快就会变成小圈子里的事。

我记得在这本书的翻译后记中，朱雯先生曾提到了三件事。一是告诉大家，此书目前在西方影响巨大，很火，它的水准上乘，在行家的眼里评价极高。二是在中国的反响很平常，连载了两个月便腰斩。第三，在翻译过程中，曾得到巴金和钱锺书先生的帮助。在二十世纪八十年代，我一直想不明白这件事,为什么那么多外国文学名著可以重复出版,而自己一度非常喜欢的《凯旋门》却还没有获得再版机会。后来终于有了再版本,已经是九十年代,"文革"后的文学热已经降温,朱先生对这本书进行了重新修订,在再版后记上,没有提到当年的腰斩,也没有提及钱锺书。

这是为什么呢?很多作家其实也受过雷马克的影响,譬如北岛,然而这种影响显然形成不了什么气候。时至今日,重新回忆这种影响仍然十分有必要,因为它代表着一种逝去的文学记忆,展现了中国现代文学的一种发展轨迹。自"五四"以来,中国文学一直在追随外国文学步伐,亦步亦趋苦苦追赶,终于在抗战胜利后,有了一点点与世界文学同步的迹象。这时候,文学开始变得多元化,变得小众,变得更文学,再热闹的流行也是转瞬即逝,这一点倒是和当下很相似。文学的时髦仅仅只是时髦,它已经没有什么太大的社会作用,或者换句话说,文学只是当时文学爱好者的事,只是在小圈子里自娱自乐地被大家欣赏,而不是拿来实用,读者已不再过多考虑它有什么社会意义。

回忆阅读历史,回想那些看过的外国小说,不同的文学时代，注定会有不同的文学阅读，而不同的文学阅读，又注定会造成不同的文学时代。一九四九年以后的外国文学影响是一种巨大扭曲，一方面，它继承了前辈对诺贝尔文学奖的一贯轻视，继承了重视弱小民族发展中国家文学的传统；另一方面，又把苏联文学演义成一种新的时髦，造就了一段不可理喻的新神话。譬如朱雯先生就翻译了阿·托尔斯泰的《苦难的历程》，同一个译者，同样是英文转译，仅仅从版本上就可以看出雷马克和阿·托尔斯泰的不同待遇，《凯旋门》厚厚得像块砖头，装帧简陋，而《苦难的历程》则是极度漂亮和考究的精装本。比较朱雯先生二十世纪四十年代和五十年代不同时期的译本，不仅有助于我们了解文学的不同时代，也可以看到外国文学这个月亮不一样的光谱。

外国文学这个月亮确实很大很圆很亮，它高高挂在文学的天空上，仔细回想我受到的影响，除了名著经典，最直接的恐怕还应该是外国文学中的那些禁书。一九四九年以后，苏联文学统治文坛，成了真正的老大哥，整个上世纪五十年代都是这样。这种特殊的不正常文学现象，形成了一种逆反心理，结果我那位喜欢藏书的父亲就一直在悄悄地收集非主流文学。当时有一种内部发行的图书,后面印有"供批判"字样,俗称黄皮书,装祯简单到只剩下书名和黄色的封面,譬如爱伦堡的《解冻》和《人·岁月·生活》,譬如萨特的《厌恶及其他》,譬如加缪的《局外人》,还有《麦田守望者》《愤怒的回顾》《带星星的火车票》等。越是不让看就越想看,我是违禁之物的直接受益者,它们在我身上的影响,丝毫也不亚于那些早已成为古代经典的外国文学名著。这些书籍曾是我最好的精神食粮,当然,必须要强调一下,影响最大的一套书是《人·岁月·生活》,厚厚六大本,它们断断续续地提到一大堆当代作家,对我来说都是活生生可以效仿的对象。

说白了,雷马克的《凯旋门》也好,后来供批判用的内部读物黄皮书也好,在我身上能够产生不小影响,都和它们的小众阅读有关。有时候,你会自投罗网,心甘情愿身受其害。这是另外一种赶时髦,基于希望与大众阅读不太一样的心态,人永远都是矛盾的,对于外国文学这个月亮,你总是若即若离,想着要走近一些,看清楚一些,结果便可能一不小心就走远了。因此对于浩瀚的外国文学,我们应该饮水思源,始终保持一份感激之心。转益多师无别语,既要坚定不移地向外国古典文学名著致敬,同时也不能忘记活着的当代,要随时留心当下世界文学的最新成果。当然,要关心最流行最畅销的,也要照顾到被冷落被忽视的,换句话说,我们始终要有一份开放的心胸。

二〇一三年二月十九日 南京河西

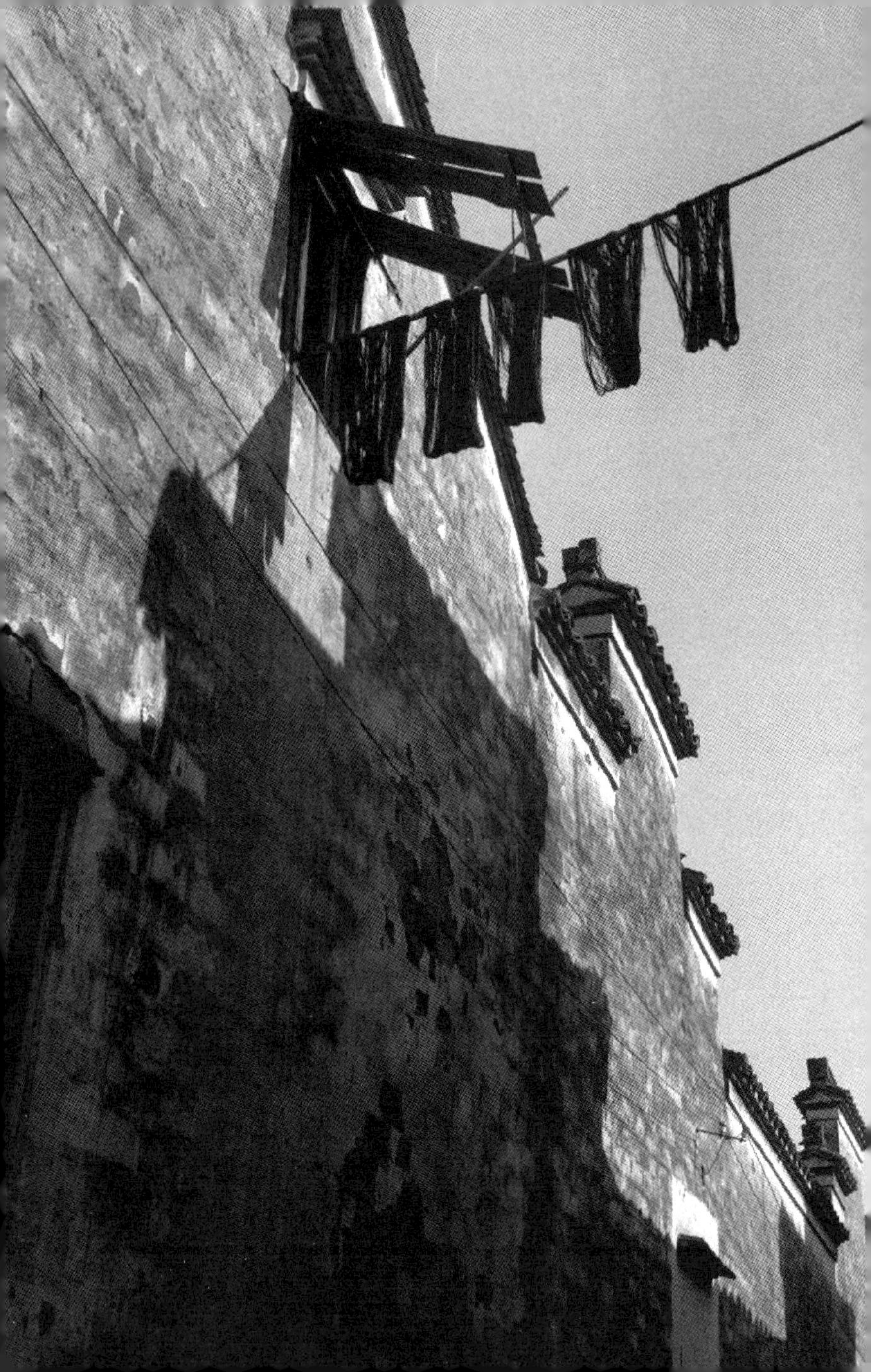

在另一种语言中

中国的文化人对于西方,始终保持着足够敬意。作为一个东方文明古国,向往西方可以说有悠久的传统。六朝时代开始了轰轰烈烈的佛学运动,这是中国历史上的第一次西化。

今天的西方人眼里,佛教代表了东方,可是在古时候中国人心目中,佛学非常西方。唐朝一位皇帝为一个和尚翻译的经书作序,产生了一篇中国书法史上有重要地位的《圣教序》,他用到了"慈云"这个词,所谓"引慈云于西极",把佛教的地位抬得非常高。在序中还有这么一句话,"朗爱水之昏波",什么意思呢,意思是说水这玩意本来是很好的东西,充满了爱,现如今却被搅浑了,不干净了,于是通过教化，通过引进的西方经典，又能够重新变得清朗起来。

那个会翻译的唐朝和尚，是中国古代最伟大的翻译家。后来成了明朝小说《西游记》中的重要人物唐僧，不过一旦进入小说领域，方向就立刻改变，佛学内容已不重要，重要的是如何才能到达西方，或者换句话说，是如何抵达的过程。事实上，它说的就是几个流浪汉如何去西天取经的经历，既然是小说，怎么样才能让故事更有趣和更好玩，变得更重要。《西游记》生动地说明了向西方取经学习的艰辛，必须要经过九九八十一次磨难才行。

中国古代的文化人敬仰西方由来已久，都喜欢在佛学中寻找安慰。自称或被称"居士"的人很多，李白是青莲居士，苏轼是东坡居士，文化人盖个茅屋便可以当作修行的"精舍"。佛学的影响无所不在，说得好听一些，是高山仰止，见贤思齐，说得不好听就是"妄谈禅"，不懂装懂。

古代是这样，近现代也这样，我们的前辈的前辈，祖父曾祖父级的老人都把外国小说看得很重，譬如鲁迅先生，他就坦承自己写小说的那点本事，都是向外国人学的。我的父亲是一名热爱写作却不太成功的作家，也是一个喜欢藏书的人，曾经是我所在的那个城市中的藏书状元，他的藏书中，绝大多数都是外国小说。

我们这一代作家更不用多说了，我曾经写过一篇很长的文章，谈论外国小说对我的影响，有一句话似乎有些肉麻，那就是外国月亮不一定比中国圆，可是小说确实比中国的好。这句说，在今天这样的场合，还可以再肉麻一次。

又譬如我们的下一代，我们的孩子们，只要兴趣是在文学上，他们就不敢怠慢外国文学。我的女儿在大学里教授外国文学，知道我要与奈保尔先生见面，很激动，大热的天，也想来上海凑热闹，被我阻止了。因为我知道，尽管她英文很好，完全可以和她的偶像对话聊天，但是我知道不会有这样的好机会，还是乖乖地待在家看电视算了。女儿拿出自己的一大叠藏书，有英文原版的，也有香港繁体字版和大陆版，让我请奈保尔先生签名。书太多了，最后我只能各选了一种，还不知道有没有这样的机会。

毫无疑问，对于精通外文，或者根本不懂外文的中国人来说，翻译永远是一门走样的艺术。就像佛经在中国的汉化一样，外国文学名著来到这里，必定是变形的，夸张的，甚至是扭曲。这也是一种无可奈何的选择，就像优秀的中国古典诗歌不能用现代汉语翻译一样，然而利远远大于弊，得到要远比损失多得多，它们给我们的营养，教诲，提示，甚至包括误会，都具有不同寻常的意义。它们悄悄地改变了我们，而且不止是改变，很可能还是塑造了我们。

二〇一四年八月十二日　上海

写在"时髦"背面[①]

大家好,很高兴能有这样一个机会说上几句。首先应该感谢文学,我们阅读,我们写作,是文学给了大家这次聚会的机会。我们都是世界文学大家庭中的一员,我们在这里用文学对话,用文学聊天,用文学思考,也用文学浇灌了大家的友谊。因此,在表达了对文学的感谢之后,我还想趁机表达一下祝愿,祝愿此次大会圆满成功,祝愿文学之树永远常青。

我是一名来自中国的作家,在我的祖国,经常会被问起

[①] 本文是作者在"第二届世界韩文作家大会"上的发言。

你为什么会成为一名作家。这是一个很常见的问题,作为一名写作者,作为作家同行,大家都可能遇到过类似提问,有时候是别人这么问我们,有时候是我们自己在问自己。

我想起了自己的小时候,我们家有很多藏书,书是我童年记忆中最深刻最具体的一个东西。我从书脊上开始学习认字,父亲用毛笔在纸片上写好了一个个大的方块字,我拿着纸片到书橱上去寻找核对。这在当时,是一种很有效的哄孩子方法,对父亲来说轻而易举,对儿子来说却是乐此不疲。中国有句古话,叫"寓教于乐",差不多说的就是这个意思。事实上,我父亲根本不太会哄孩子玩,他甚至没给我买过一件像样的玩具。

我们家的藏书确实很多,在最显眼位置,是一些马列著作和毛泽东选集,还有各种伪装门面的政治书籍,然后整整一面墙,都是高大的书橱,都是翻译出版的外国文学作品,绝大多数是西方文学,包括很多经典的俄国以及苏联时期著作。当然,也有东方的文学著作,它们的数量很少,非常少,相比之下,日本文学作品要略多一些,总之数量不是太多,被放在最不显眼的位置上。

我父亲后来受到了批判,他的领导给他加了一个罪名,在马列和毛主席著作的幌子下，收藏了无数的大毒草。"文化大革命"开始了，这是中国历史上很黑暗的一个时期，我们家所有的书籍都被没收，那时候，我还只是一个九岁孩子，看着父亲借了一辆手推车，将家中的藏书送往指定地点，一趟又一趟。

再后来，大约也就是三年后，收缴藏书的房间要腾空出来让年轻人结婚，我们家的书又都归还了，又逐渐恢复成了往日的模样。在那个时代，阅读是不被允许的，然而我却有幸开始了天天与书为伴的生活。可以这么说，我的青少年时期，就是总是面对这些图书，在无聊的时候，在没有其他娱乐的生活状态中，我有意无意地在阅读，阅读了许多文学作品，这些作品大都是翻译过来的世界名著。

我能成为一名作家，肯定是与青少年时期的阅读有关。在二十世纪八十年代，中国掀起了一阵前所未有的文学热，太多的中国人投入了文学创作的梦想之中，我不过是其中非常不显眼的一员。时至今日，文学的热潮已变成一个遥远记忆，文学已经非常边缘化，已经不再重要和显赫，我还能在这个潮流中幸存下来，写了一大堆自己不是很满意的作品，并且还能继续从事写作，还能够来参加此次盛会，这无疑是一件非常幸运的事情。

作为一名作家,一个记录时代的写作者,我总是情不自禁地会想起青少年时代所面对的那些书橱。我不得不承认,外国文学对自己的影响巨大。我可以毫不掩饰地说,自己更喜欢外国作家。在我看来,外国文学永远都是优秀的,对我们来说往往会有着更好的启迪作用,而我们写作的最大理想,就是当仁不让地跻身世界文学之林。这也是我们为什么要写作的一种动力,对于一个中国作家来说,外国文学是一个庞大的整体,世界文学是一座高山。中国文学只是与之相对应的一部分,在世界文学的大版图上,中国文学以及东亚文学,或者再放大说到整个东方文学,它的影响力都要相对地处于弱势。

换句话说,不管有着什么样的原因,不管事实上我们已经取得了什么样的成就,在别人眼里,我们总还是做得不够好,还不够出色。中国有一位叫莫言的作家,他只比我大两岁,是一位非常优秀的作家,他的作品足够让我们感到骄傲。大家都知道,他已经获得了诺贝尔文学奖,已经获得世界认可,但是即便是如此出色的一位中国作家,当我有机会与外国人聊天,与外国的作家同行在一起切磋,提到莫言的名字，大多数人对他的作品仍然一无所知。

我曾经听一位法国作家说起莫言，他说了不少，如何如何，怎么样怎么样，向我们介绍法国人怎么看待这位中国作家。当然，这只是在公开场合，面对着好奇的中国听众，是听众逼着他说的。议论一位诺贝尔文学奖获得者无疑会很时髦，用同样时髦的中国话说，这是一个大家都忍不住要关心的热点话题。我很奇怪这位法国作家竟然说了那么多的莫言，于是在私下聊天之际，问他究竟看过哪些莫言的作品，得到的回答是一部也没看过。

这就是真相，这就是文学的真相，不仅西方不了解中国文学，不了解我们东方的文学，事实上，我们自己也不太了解自己。莫言获得诺贝尔文学奖后，他的作品开始大卖，不止一位朋友问我他的作品究竟怎么样，如果要准备阅读，最好是读哪一篇，他的哪一本小说最好。人们在客厅议论，在餐桌上批评，很随意地发表自己对莫言的看法，可是一旦说起他的作品，就没办法再继续深入下去。

当下的文学现实就是这德性，恰如其分的评价，已经变得无关紧要，变得根本不靠谱。一个真心热爱写作的人，在现实环境下，往往会觉得很尴尬，觉得很孤独。然而既然是真心热爱，那就必须义无反顾，必须继续前行。相对而言，中国作家都是比较虚心的，我们知道自己的不足和缺点，我们愿意向别人学习，愿意并且继续尊重西方文学，然而我们更相信自己还有很大的发展空间。中国人相信风水是会轮流转的，我们还有这么一句古话，"三十年河东，三十年河西"。世界文学的版图不会一成不变，路曼曼其修远兮，吾将上下而求索，在世界文学的橱窗里，中国文学、韩国文学，以及整个东方的文学，都会找到最适合自己的位置。

二〇一六年九月

在手机端认领普鲁斯特[①]

同学们好,各位听众你们好。在今天这么一个很正式的场合,我想先聊聊一个可能不是太正经的话题,想和大家一起聊聊手机上的阅读。手机这玩意真是个奇妙的东西,它说有就有了,悄悄地走进人类社会,成为我们现实生活的一部分。对于我这样的中国人来说,手机的印象最初和香港的黑社会联系在一起,很大,像一块可以用来砌墙的砖头,只有黑社会老大才会使用,我们称之为"大哥大"。

手机很快就普及了,人手一部,这个发展过程快得惊

[①] 本文是作者在韩国东国大学的演讲。

人。大约二〇一二年,我在意大利那不勒斯街头发现了非常奇特的一幕,几乎所有人都在用手机通话,匆匆走过的行人,坐在街边椅子上休息的路人,晒台上,窗户里,我们能够见到的意大利人都在使用手机。导游告诉我们,这里的电话费太便宜了,因此大家都肆无忌惮地通话。当然,他们的声音很低,轻轻地私语,不像我们中国人,习惯了扯着嗓子大声嚷嚷,一点隐私都没有。

再后来,手机上的阅读就普遍了,手机不再是黑社会老大的专利,不再仅仅用来聊天说话。手机的阅读功能,已经超越了炫富和通话。有几张图片很能说明问题,在我们中国十分流行,一张是抽鸦片,一张是看手机,姿势都差不多一样。为什么会有这样的比较,为什么要把看手机比作抽鸦片,因为在中国人的教科书上,抽鸦片和鸦片战争是中华帝国开始走向没落与崩溃的转折点。中华民族被鸦片给毁了,事实真相是不是这样,三言两语说不清楚,反正在我们的教科书上,确实就是这么白纸黑字地认定。

为了改变这现象,中国的各个城市都有读书节,都举办形形色色的读书活动,号召民众读书,不遗余力地宣传读书意义。中国人曾经是最喜欢读书的民族，古语说得好，"万般皆下品，唯有读书高"，我们相信读书能够解决一切问题。可惜这些年的行情完全变了，我们的媒体上经常会表达出这样一种遗憾，那就是中国人好像都放弃了阅读，与其他国家的民众相比，反而是外国人更乐意阅读。经常可以读到这样的文字，说俄罗斯人躺在草地上读诗歌，法国人和日本人都在地铁上看小说。

事实的真相是不是这样呢？当然不是这样，事实的真相显而易见，全世界都在低着头阅读手机。俄罗斯人，法国人，日本人，韩国人，他们和中国人一样，都在目不转睛地看手机。这是不可阻挡的一个潮流，算不上什么好事，也未免就是了不得的坏事，它只是我们不得不面对的一个现实。因此，只是讨论应该不应该在手机上阅读，完全没有意义，可以进行一番讨论的也许只能是，我们通过一个小小的手机屏幕，究竟能读到一些什么。

中国最伟大的小说家鲁迅曾经说过一个故事，他母亲作为一名家庭主妇，作为一名著名作家的哺育者，也喜欢看些小说，不过从来不看他写的那类小说。鲁迅的小说曾经很流行，在当时是文学青年的"圣经"，而她看的小说同样也很流行，在报刊上拥有了更广泛的读者。同样是小说，它们是完全不一样的东西，有着不一样的品质。在评论家眼里，在文学史上，鲁迅母亲看的那些小说可能都是低俗的，不入流的，但是鲁迅先生并没强求母亲提高文学品位，强求她去读自己写的文字，强求她去读他心目中认定的优秀文学作品。为什么呢，因为鲁迅清楚地知道，在现实生活中，写作是自由的，阅读也是自由的，人有选择自己要读什么的基本权利，即便是儿子，也没权力强求母亲去读什么。

　　基于这样的认识，所谓为读者写作，有时候就可能非常可疑，就可能是一句十足空话。迎合读者，读者要读什么，我们作为写作者就为他们写什么，完全有可能会变得非常不合适，非常不正确。毫无疑问，作家必须要有理想，他永远都是在为潜在的读者服务，物以类聚，人以群分，作者和读者都是在寻找，都在寻找他们所认同的东西。作家在作品中表达自己的认同，读者在作品中寻找自己的认同，大家各司其职，大家各取所需。换句话说，作者和读者的关系，有时候就像鲁迅母子，母亲要读她想读的东西，而儿子只能写他想写的东西。

我离开大学以后，在出版社当过编辑，深知读者趣味的不可捉摸。对于写作者来说，很多事说起来容易，实际操作起来非常困难。一方面，我们不知道读者想读什么，觉得自己很努力，在充分地为读者着想，实际上，更可能是盲人摸象，是想当然。我们常常会陷入自以为是的困境中，我们盲目地生产，结果读者根本不接受那些为他们定制的产品，他们根本就不愿意理睬我们。我们的辛苦努力，最终变成了一个个笑话。另一方面，有时候，我们确实可以聪明地知道读者需要阅读什么。出版社因此可以赚钱，因此有了良好的经济效益。明知道在文学创作中，流行和时髦是一个非常不好的东西，但是几乎所有的出版社都不可能免于利益的诱惑。

时值今日，在中国搞出版还是个赚钱的好买卖，尽管大家都在抱怨，纸媒的辉煌时代已不复存在，都在抱怨手机阅读给出版社的利益带来致命打击。我的伯父搞了一辈子出版，是一名非常有经验的出版老人，深知出版界的内幕。他跟我说过两件事，第一出版社总是赚钱的，因为赚钱，在经济方面，它的各种抱怨政府常常不予理睬，要想获得财政补助几乎不太可能。第二，文学作品总体上来说，并不怎么赚钱,那些获奖作品和畅销书不过是看上去很热闹,真正赚钱的永远都是教育类图书。

二〇一六年八月八日,中国的新闻出版广电总局发布了权威的《二〇一五年新闻出版产业分析报告》,这份报告有个非常重要的结论,就是"二〇一五年纸书的销售相较于二〇一四年,不但没有下降,反而有所增长",公布的数据竟然是这样:

> 全国共出版图书47.6万种,较二〇一四年增长6.1%。图书出版实现营业收入822.6亿元,比上一年增长4.0%;利润总额125.3亿元,增长了7.0%;全国出版、印刷和发行服务实现营业收入21655.9亿元,较二〇一四年增加1688.8亿元,增长8.5%。

我对这个数据不感兴趣,感兴趣的是它提供的另外一些数据,譬如数字出版增加了30%,这个数据与手机阅读是可以互动的。又譬如期刊减少了5.21%,报纸减少了10.27%,这个数据同样是与手机阅读有关,那些报刊上姗姗来迟的新闻和八卦,既然都可以在手机上读到,我们为什么不选择手机呢？而且，这些数据说的是二〇一五年，甚至是二〇一四年，二〇一六年又会怎么样呢？当然还是应该增加的继续增加，应该减少的继续减少。因此，这份看似对纸媒仍然还抱有信心的乐观报告，透露的却是并不太乐观的信息。

最后还是回到手机阅读上，首先，我想表达的一个非常简单的意思就是，手机阅读和吸食鸦片没有什么可比性，并不像媒体上认定的那样有害，它并不是什么洪水猛兽，很多东西都可以让人上瘾，都可以让人身陷其中不能自拔。其次，手机阅读并不能表明读者的阅读兴趣有什么本质改变，中国人有句俗话，什么人玩什么鸟，手机上确实有很多无聊信息，无聊是因为有无聊的需求，有无聊的供给。手机屏幕只不过是更加形象更加生动，同时又是更加数据化地演绎了人们的阅读生态。它代表着我们有可能更快地读到想读的东西，它更方便，也更直截了当。

不少年轻人跟我谈起过网络小说，他们对这些小说表现出来的热情，远比阅读世界名著更大。很显然，我们已经无法避开网络时代，一位法国作家非常认真地告诉我，他在手机里存储了普鲁斯特的《追忆逝水年华》，觉得无聊时，会很随意地看上几页。我相信他说的是真话，而且还相信，一定会有人用手机来阅读《红楼梦》，阅读唐诗宋词，阅读鲁迅的著作。我相信纸媒很可能会被网络所代替，电子读物最后将一统天下，但是说什么也不相信，我不相信在网络时代，优秀的文学作品会没有立锥之地，不相信文学会因此就死亡了，就不存在了。我相信，如果阅读仍然是自由的，必然会有人选择更优秀的文学，如果写作仍然是自由的，必然会有人写出更优秀的作品。

二〇一六年九月二十二日

文学与一座城

文学与一座城市，显然是有关系。文学可以说与什么都有关系，与时代，与政治，与个人生活，与你的文学修养。毫无疑问，要说有关系都有关系，只要想扯，都能扯到一起。城市是文学的基石，它是一个落脚点。

文学与一座城市，与一个乡村，与你生长的那片土地，它们之间的关系其实差不多。作家写作，从事文学活动，脚下必须要有一块坚实的土地。我们必须站稳了才能说话，或者说屁股底下要有张椅子，你必须坐踏实了，才能心平气和地聊天。一座城市，一个乡村，一片土地，一张椅子，本质上都只是一个平台，意思都差不多。

文学和城市的关系,说白了是城市给了文学一个机会。城市的重要性不言而明,上海的王安忆,西安的贾平凹,银川的张贤亮,这些作家的成功都是最好证明。城市就像一个孵化器,只要温度合适,作家便会应运而生。当然,只是在打比方,文学的问题永远不会那么简单。作家必须还得是个鸡蛋,适当的温度能将鸡蛋孵成小鸡,对于一块石头,它毫无办法。

因此答案就是,城市重要,鸡蛋也重要。事实上,城市和乡村并没太大区别,无论历史地看,还是带一点发展眼光看,乡村就是城市,城市差不多还是乡村,它们之间的差异可以非常大,也可以忽略不计。

我想从另一个角度,谈谈文学与城市的关系,这就是艺术的想象。唐朝的时候,大诗人李白官迷心窍,为了功名,也想玩一把政治,建议迁都南京。这完全是个馊点子,结果呢,下了大狱,差一点丢了小命。为什么会主张迁都南京呢,有政治的解释,也有文学的解释,很显然,李白太书生气,文人常常会有一些不太现实的奇思妙想,他喜欢南京这个城市,觉得这个城市有文化。书生气和书呆子气,有时候也差不多。

如果要编一本《历代诗人与南京》，李白一定会排在最重要的位置上。他留下了太多的诗句，对南京的描写，肯定要比写自己家乡的诗多，多得多，也出色得多。李白的诗很好地装饰了南京这个城市，这说明什么呢，说明了诗的一种重要功能，它能记录一个城市，表现一个城市，而且，不只是记录和表现，还可以通过无中生有的想象，美化和创造一个城市。众所周知，宋代的范仲淹没登过岳阳楼，写出了著名的《岳阳楼记》。唐朝的刘禹锡没到过南京，写下了不朽的《金陵五题》。

"金陵城东谁家子,窃听琴声碧窗里",这是李白笔下的南京。"旧时王谢堂前燕,飞入寻常百姓家",这是刘禹锡笔下的南京。在文学与城市的关系中,文学不一定总是被动,总是无能为力。想象的力量是无穷的,李白和刘禹锡的诗歌,让南京变得更富有诗意,变得更美好。南京人早已习惯了用古诗来介绍自己的城市,这是文学与一个城市的关系的很好例子,当然,例子再好也不一定准确,好在至少能从一个方面,揭示它们之间的关系。

二〇一五年九月七日

做就做了①

各位作家朋友，大家好。在今天这样的形势下，必须要说两句，既然再次当选主席，按惯例不说话下不了台。在座有很多熟人和朋友，都知道我嘴拙，不擅言辞，尤其不适合这种场合说话。不会说，又义不容辞，必须得说。只能勉为其难，随便说几句，说完就算，请大家一笑置之。

首先我想用一句成语来表达心情，这就是尸位素餐，它形容某人占据了某个位子白吃白喝，通俗的解释是占着

---

① 本文是作者在南京市作家协会代表大会的讲话。

茅坑不拉屎。说白吃白喝有点过，但是必须要表示歉意，要为自己过去几年的不作为说声对不起，在主席这个座位上，我真心觉得自己是有愧意的。

我想强调一点，各省各市包括一些县城，都有作协这样的组织，以我所见，南京作协很高效，实际上就两个人，只有鲁敏和毛敏两位女士，作协的实际工作都是她们在做。事实上，我们这些主席副主席都是挂名，都是挂着的羊头，大家都知道，具体工作才真正辛苦，而一个作家协会总会有些很具体的工作，因此，我想在这对她们说一声"谢谢"。

其次，想说一下自己对作协组织的看法。不知道你们是怎么看，反正我刚开始写作时，作协会员、主席、副主席都很神秘很神奇。现如今，神秘和神奇的光圈已不复存在，我的朋友何立伟一句调侃在圈子里广为流传，就是"忍看朋辈成主席"，这确实让人感到尴尬。也许上了岁数，文学江湖上混久了，我们都有这样的感觉，忽然之间，大家都有了这头衔那头衔，譬如何立伟，他是长沙市作协主席。在如今文坛上，你都不好意思说自己是什么作协会员，说自己是一级作家，说自己是主席副主席，有时候，你发现谁都是,你真会很不好意思。

我想到一个段子,今天这样的场合说出来肯定不太恰当,可还是忍不住要说,这就是和尚与美女过河的故事。两个和尚正准备过河,一位美女愁眉苦脸走过来,请求和尚抱她过去,结果呢,和尚甲奋不顾身地将美女背过河。然后故事结束了;和尚乙越想越不对头,越想越觉得暧昧,他觉得出家人应该不近女色,应该有所禁忌,不应该这么做,心里总觉得是个事,便与和尚甲论理。和尚甲说,这事我早放下了,为什么你就不能放下呢。

我说这个段子的意思,是想说刚刚提到的那些东西,什么几级作家,什么作协呀体制呀会员呀,什么主席副主席,搁在当下,就像要过河的美女一样,它很可能是我们不得不面对的现实,而写作者更像持戒的出家人,要一心一意修行,很多荤腥是不应该沾的,要敬而远之,否则就会授人口实传为笑柄,会弄坏心情影响写作。因此,最好的办法是像和尚甲那样,做了就做了,做了跟没做一样,迅速地忘记。我们都应该学习和尚甲,开完会便把今天给忘了,一个好作家心里要尽量少搁点这样那样的东西。

最后是一些希望，很单纯，就是希望我们大家能够继续努力写作。南京有一个好的文坛，最直接的原因是有许多热爱并努力写作的作家，因为他们，南京的文坛应该会更有希望。

好了，就说这么多，说得不好请原谅，谢谢大家。

二〇一三年八月二十九日

"辉煌"的家底[①]

记得也是一次宴会,正吃着,老同学余兵教授来电话,说学弟徐俊同学已当上中华书局老总,过几日衣锦还乡,回南京欢聚一下,不许请假。我当时想,不过是又一次饭局,老同学混阔了,大家见面无非吃饭。必须得吃,否则从京城下来,大家握个手,喝杯茶,那是领导接见,老同学一般不敢摆这个谱,毕竟不是北大清华,毕竟徐俊同学只是出版大鳄,还没进中央。

后来才弄明白,饭当然要吃,可是先得站台,参加"中

[①] 本文是作者回母校南京大学所作的十分钟发言。

华书局文化沙龙"巡回活动，具体要求是回母校南京大学作十分钟发言。因为是校友，结果搞成了一次自娱自乐的大Party，莫砺锋同学、程章灿同学、范金民同学、徐雁同学、洪修平同学、唐圭璋弟子钟振振同学、已成为校党委副书记的任利坚同学，都请出来站台，都得给坐下面的同学说十分钟话。

除了鄙人，清一色文科博导，徐俊同学真厉害，他一出场，谁敢不从。莫老师第一个发言，程千帆门下大弟子，应该先说。我没有课堂经验，视公共场合发言为痛苦，面对广大学弟学妹，难免心里恐慌，偏偏又安排最后一个发言，事先也不知道这顺序，总以为自己会是下一个。这感觉很不好，很受折磨，傻傻地等，仿佛临时抱佛脚的考生，就盼着赶快考，考完拉倒，再不考，词都忘光了。

一直怕回母校，越是怕，越是要出洋相。准备了不少话，还没说已差不多忘记，临了只能跟同学们胡说八道插科打诨。说了两件事，先说中华书局的开创，温故知新遥想当年。一百年前，一个在商务印书馆混的伙计，预感到大清要灭亡，悄悄编了套新教材。大清朝一完蛋，商务看家的老教材全部报废，这伙计立刻推出新教材，于是中华书局诞生,小伙计成了大老板。

了解中华书局的发展史,可以给同学们一个好的启示,就是我们的思维要与时俱进,要想到未来,不能光看好眼前。然后又举清华的例子,人家所以牛,出那么多的党和国家领导人,不仅是有四大导师,更因为有朱自清和闻一多这拨相对年轻的老师。四大导师的功劳,是把清华从中专变成大学,没有他们,清华也就是个留美预备学校,比"新东方"也好不到哪里。但是四大导师的真正教学并不长,是朱自清、闻一多善教,学生弟子好学,才有了后来的辉煌。

结论也简单,清华成为清华,是全体师生共同努力。北大虽然厉害,家底还是人家老清华的,就像说起南京大学的辉煌,离开不了中央大学。

二〇一一年九月二十五日

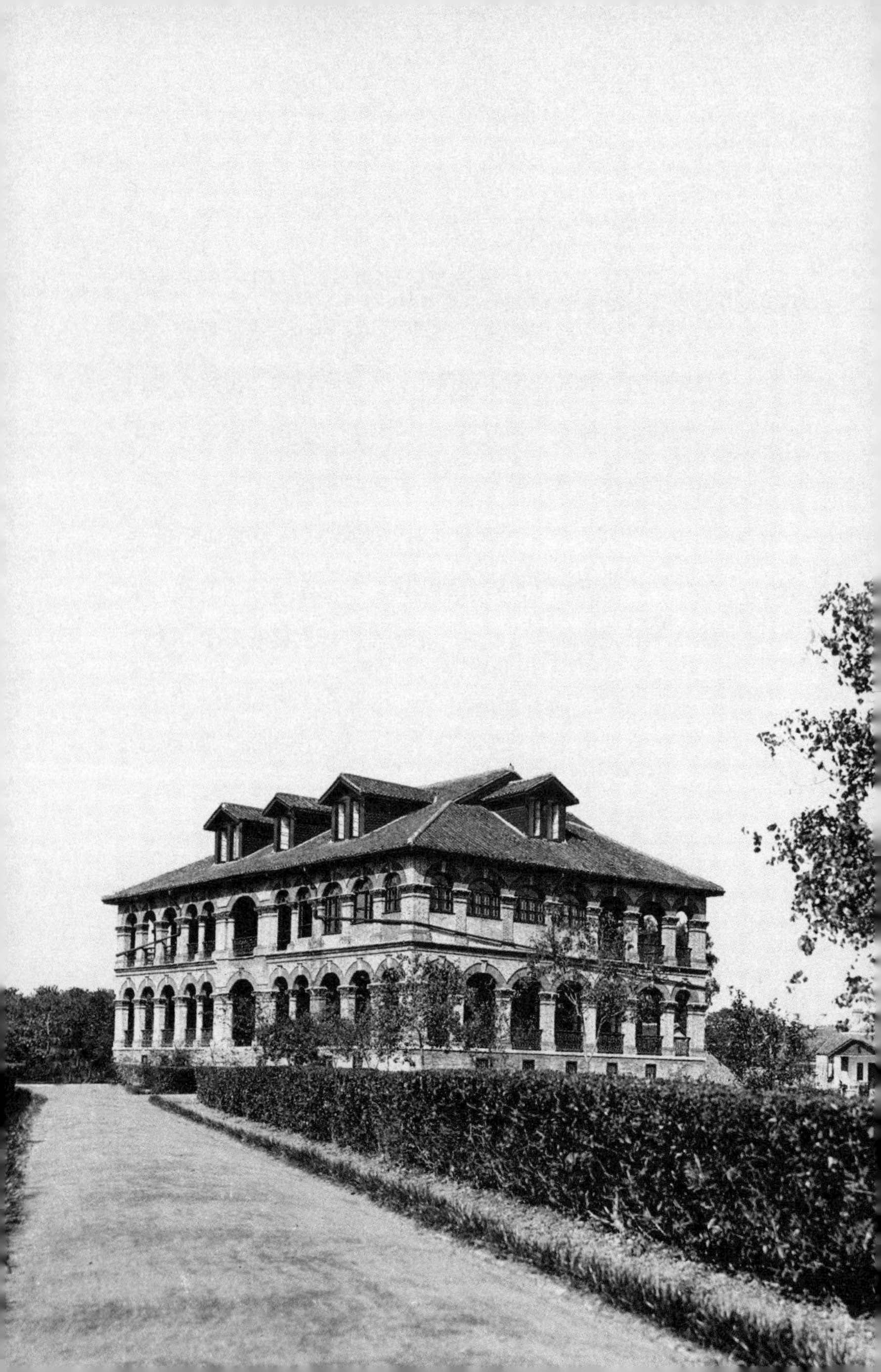

最幸福的事[1]

同学们好,老师好,在座的各位,大家下午好。能够获得这样一次发言机会,我感到很荣幸,很激动。

同学们,对于你们来说,今天会是个非常有纪念意义的日子。很显然,填写录取志愿的时候,接到录取通知的时候,你们已经兴奋和激动过了,你们早已把自己和这所伟大的学校联系在一起,但是我们还是需要这么一个开学典礼,仪式的重要性就在于它将作出公证,它将证明,从今天开始,你们才正式是这所大学中的一员。看看这个热

---

[1] 本文是作者在南京大学开学典礼上的发言。

闹的大会堂吧，尽情地感受一下这喜气洋洋的气氛吧，在这个美丽的秋季，欢迎你们步入已有一百一十年光辉校史的大家庭。

和你们一样，三十四年前，我也有幸成为这个大家庭中的一名成员。我不止一次被追问，回首过去，人生中感到最幸福的一件事是什么。面对这样的追问，我总是毫不犹豫便回答，自己最幸福的一件事，就是被南京大学录取。事过多年，我仍然想不出还能有什么比这个更让我感到幸福。我们这一代人，曾经被剥夺了上大学的权利，我们的前途曾是那么黯淡，"四人帮"被粉碎，"文化大革命"结束，恢复高考，我居然被这所大学录取，唉，这真是太美妙了。

我想，你们一定也会有与我一样的感受，此时此刻，你们会回想起高考带来的痛苦，那些可恶的不人道，要背那么多无聊的教科书，做那么多没有意义的习题，牺牲掉那么多美好的时光。想一想父母的担心，想一想老师的督促，想一想一次次无聊的排名，一次次一本正经的模拟考试，一次次的过关斩将，最后终于奇迹般被这所大学录取了。好吧，祝贺你们，你们应该为自己以往的经历感到骄傲。

在今天这个喜气洋洋的日子里，说什么都很可能是多余的。我相信大家的前景一定灿烂，我相信同学们的未来一定美好，我相信你们会发愤学习，并且会很好地享受人生中最美好的大学生活。我现在表达的一些观点很可能是片面的，甚至不现实，但是作为你们的学长，作为你们的前辈，我还是想冒昧地说几句心里话。我想告诉同学们，大学无疑是人生中最重要的阶段，也是最容易被耽误的阶段，它是基础的基础，这个阶段将决定你们个人的命运，决定你们未来的发展，同时，也非常可能会决定学校的命运和发展，决定国家的命运和发展。你们有希望，现实社会就会有希望，你们做好了，现实社会就会有前途。

我希望同学们在大学阶段，能够学到更多美好的东西，希望你们尊敬师长，学业有成，学会做人，学会享受民主和自由，希望还没有谈恋爱的同学，能够在这里收获爱情。

一句话，我希望同学们幸福，珍惜老天爷给予的大好机会。时代没有辜负你们，你们也不应该辜负这个时代。

谢谢大家。

二〇一二年九月二日

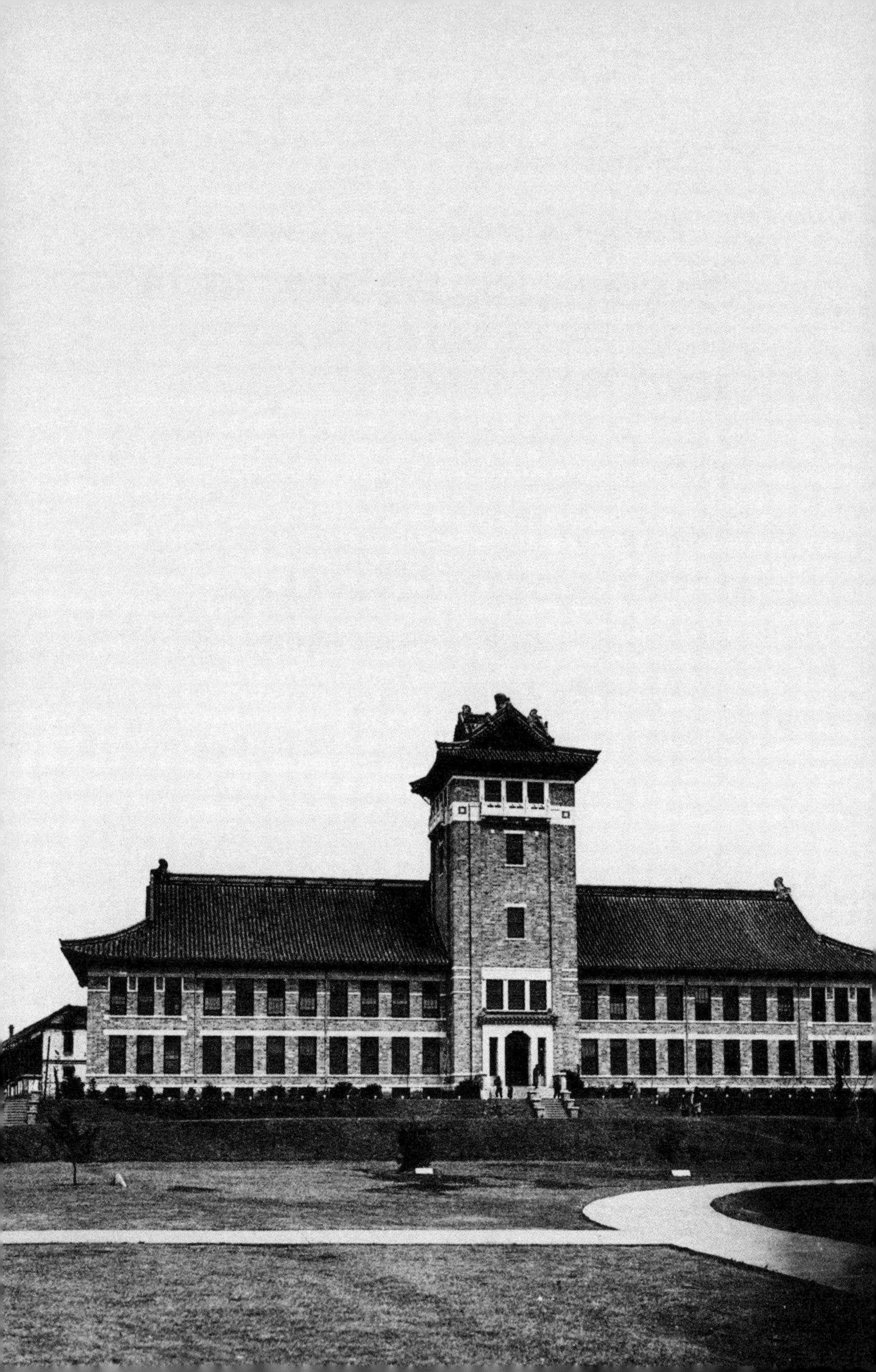

因为热爱,所以天真[1]

文学院的各位老师、各位嘉宾、各位同学,你们好。我们今天在这欢聚一堂,庆祝中文系诞生一百周年,按理应该与时俱进,不再提中文系,说文学院,可是习惯成为自然,叫惯中文系,一时还真改不了这个口。

百年华诞是个热闹日子,没理由不隆重庆祝一下。不过既然学中文出身,难免咬文嚼字,说老实话,我不太喜欢"百年"这词。为什么呢,因为古人说起百年,总会有另外一层意思。记得十多年前,南京大学筹备百年

---

[1] 本文是作者在南京大学文学院百年华诞上的讲话。

大庆，让我出主意，贡献一点意见，我就说为什么非要庆祝一百年，为什么不能更传统一些，做九不做十，庆祝九十九年。

我觉得今天的庆祝，更像给孩子过百天，新生儿到了一百天，大家要高高兴兴地庆祝一番。为什么呢，因为我们对这孩子充满期待。同样的道理，庆祝中文系的一百年，也是为了继往开来，不仅仅为了它的辉煌过去，更关键的是，我们对中文系的未来有着太多期待。

我们热爱中文系，只要从这里走出去，永远都是中文系的孩子。毫无疑问，今天这个日子非常适合怀旧，我不由地想起当年的一件往事，那时候，因为参与一份非法出版的地下刊物，有关部门认真追究起来，一时间上纲上线，问题变得相当严重。当时的支部书记朱家维老师奉命跟我谈话，我忘不了他的笑容，他的态度就是奉命，就是敷衍，就是不当回事，就是不得不走过场。

凡事必须要经过比较才能琢磨出味道，我们那一伙年轻人中，只有我是南大的，其他的人，有的在别的大学读书，有的在机关，还有的是社会青年，他们感受到的压力都比我大，大得多。因此，如果说南大始终充满自由宽松的气氛,这个略有些夸张,也不现实,但是与其他地方相比,与别的学校对照,我们的中文系确实宽松。我记得叶子铭老师就说过,中文系最看不起喜欢整人和打小报告的人,这就是我们的系风,这就是中文系的好传统。

真的很热爱我们的中文系,再说个朱家维老师的故事,毕业以后,有一次回中文系,朱老师竖着大拇指,非常得意地说,他说叶兆言你知道吧,现在除了北大中文系,没人敢跟我们比。朱老师还说,有很多专业,就连北大也不行了。朱老师的意思无非是我们中文系最棒,今天,我不想就这个有点孩子气的话题深入下去,很显然,朱老师的话太天真,会影响全国中文系的安定团结,但是我想,对于热爱中文系的同学来说,这样的天真有时候还是必要的。

因为热爱,所以天真,因为热爱,所以会有太多的良好感觉。俗话说子不嫌母丑,南大中文系走出去的同学,难免自恋,除了觉得母亲长得漂亮,还会情人眼里出西施。自家人亲热,说什么话都不过分,不管怎么样,我们注定了同心同德,注定了荣辱与共,生是南大人,死是南大鬼,我们的思念会永远和中文系在一起。

最后再说一句,我们的中文系已经很好了,祝愿它百尺竿头,还会变得更美好。

二〇一四年十月十八日

这一种冷

网络新流行一句话,叫"有一种冷,是妈妈觉得你冷",很生动很传神。现实世界确实有很多这样的冷,冷既可以主观,又可能非常客观,可惜在今天,主观客观常分不清楚。

与作家读书班学生对话,有个同学说她有很多东西想写,可是不敢写,怕写出来,有人会请她去喝茶。说朋友也这么对她说,说有些东西不能随便写,写了就会怎么样。问我应该如何对待,能不能写。

一时间,不知道怎么回答。不由想起一个座谈会,宣传部领导出场,讨论某作家新作,老作家带头发言,说现在什么不能写，不许写，写了也白写，没人敢，说来说去，无非夸作者有胆量，写了别人所不敢写。今天的文艺作品座谈会，往往是一个人摔出话题，然后接二连三附议，说一轮好话，拿红包走人。

我没有吭声，这是在座谈一部反腐作品，粗略翻一下，更多的是描写腐败，写一个人如何受贿，如何玩美女，如何快乐逍遥，最后受到惩罚。对于这样的小说，我毫无兴趣，它和解放前的黑幕小说没什么太大区别，说句不客气的话，就是诲淫诲盗，打着红旗反红旗，打着反腐败旗号在腐败。

现实生活中有太多这样的，一说话都很漂亮，一写文章全身正气。当然漂亮和正气应该打上引号，譬如这次座谈，敢写"腐败"当作歌颂重点，作家说自己勇敢，发言者表扬无畏。最后宣传部领导脸上挂不住，说反腐这话题一向都是中央精神，我们好像从未说过小说中不能涉及腐败，我觉得你们心中的禁忌，好像比我们宣传部还要厉害。

"皇帝的新衣"故事总是在不断上演，小孩子那句皇帝没穿衣服，本该由作家说出来，结果偏偏让宣传部的领导说了。这说明什么呢，说明很多作家心中还有一个所谓宣传部,这个"宣传部"比真正的宣传部还要宣传部。

因此,当代作家不是敢不敢,而是会不会写,能不能老老实实。作家们自己腐败不腐败,更应该扪心自问。再说一句实话,腐败根本不值得小说家去描写,自古以来,谁也不会正面说腐败好,封建时代的皇帝,北洋政府,国民党和共产党,都说过要反腐。反腐必须要靠法律,靠制度,让文学来反腐,这是作家们的想当然。

因此,对读书班那位同学,我的回答是想写就写,能写什么写什么,尽可能去写好。没有那么多茶馆,没人会请你去喝茶。一个人初学写作,更可能的遭遇,是没人在乎你写什么,写了跟没写一样。面对这样的寂寞,感受到了这种冷漠,你才可能明白什么叫"文学"。

二〇一四年十二月十二日

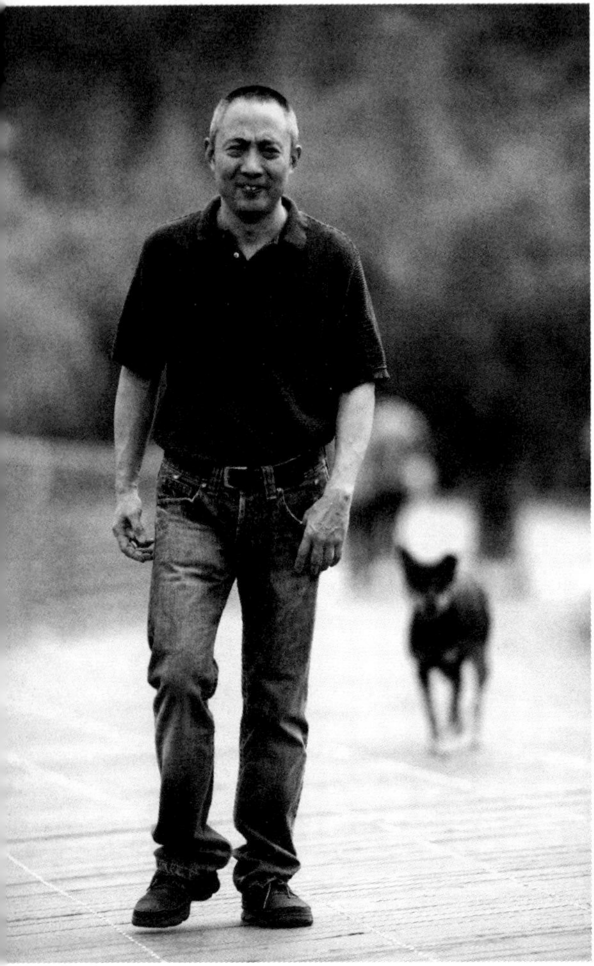

后　记

很多年前，丁帆兄打电话，让我去南京大学给学生作讲座。理由很简单，你这学校出去的，过来给学弟学妹随便说说，谈什么都可以，义不容辞。那时候他好像刚当院长，屈尊亲自打电话，态度很诚恳。偏偏我这人狗肉不上台盘，怎么也不答应。按说以我们的交情，他用下命令的口吻发话，还真不敢不去。一个柔声细语好意相劝，一个死皮赖脸横竖不从，最后他竟然没生气。

说老实话，很害怕作讲座，很害怕演讲。人和人不一样，总觉得自己会讲错话，这种人连自己的话都不太相信，怎么去说服别人。不自信的人不适合演讲，我喜欢对话，喜欢清谈，喜欢无主题变奏。很多朋友都知道，这家伙其实是话篓子，真让他胡说八道，说不定就滔滔不绝了。

有意无意一直在躲避各式各样的讲座，我知道自己缺乏这方面才能，躲避是最好的藏拙。这本书的内容，大多是讲演稿性质，表面上讲，实质上事前写好，或者事后根据提纲重新写过。

搁篮子里都是菜，收集书上都文章。希望读者以宽宥的心情看待，话不一定对，逻辑可能混乱，态度是认真的，用心也应该是好的。

二〇一七年七月十六日

杭州灵隐不远处